Шрёдингерийн муур

Хамгийн үзэсгэлэнт поэзийн дэлгэрэнгүй асуудал

Translated to Mongolian from the English version of Schrödinger's Cat

Devajit Bhuyan

Ukiyoto Publishing

Бүх дэлхийн номын нийтлэг эрх нь

Ukiyoto Publishing

2023 оныг нийтлэсэн

ISBN 9789360169152

www.ukiyoto.com

Квант физикийн гурилчлалын гурван мускетчид Эрвин Шрёдингер,
Макс Планк, болон Вернер Гайзенбергдэд ард нийлэхэд дандаа.

Агуулга

Шрёдингерийн муур

Бид эрч, цаг, матери, ба эрчимийн хязгаарт хамрагддаг

Эрчим болон цагийн хүрээнд бидэнд синергийг болгож үзнэ

Энэ хатталзан төлөвт хэмжээ нэмж, эрчимээр матери болгоно

Гэхдээ хар хязгаарт бидний амьтан зөрчдөг, бүх зүйл зогсоно

Энэ танхай хайрцагын гадаадын зүйлс үлдсэн болох нь хүсэх ч

Хамгийн том хэмжээний эргэлтийг харах технологи нь байхгүй

Хатталзаны гадаас ямар ч өөрийг мэдэхгүй байна

Хатталзаны доторх нууц нууц, танайг хамгаалах анхаар

Бид Шрёдингерийн мууртас гаргаж болно

Гэхдээ, парадоксыг таамаглах амар алдагдаж болохгүй, өндөр өнгөрсөн

Амьдралын хамгийн сүүлийн үнэхээр үнэхээр үнэнд танилцахыг мэдэх нь, хүн тэдгээр тасалдах болно.

Энтропи насарч болох юм

Бүтэн Вселен энтропи намайг өдөрт нь өсч байгаа, би олж магадгүй

Гэхдээ биднээс өндөрлөх машин, хөрөнгө олон байдаггүй

Мөн бидний үүрд байхгүй хөрөнгөүүдийн жолоо олон байдаггүй

Үнэндээ харагдах ч хангалт нь байхгүй, биднийг шийдэх шаардлага байгаа

Бидний өмнө байдаг худал үгсийг хаанаар гэж тарах

Энтропи арчлалыг өсгөл нь өнөөдөр бол ихэсдэг

Энтропины бүрэн гүйцэттэх байдлаар нийлүүлэх гол нь болно

Их нар ба багадаа ар болсон энтропины болсон тоглолтыг нэмж чадаж байна

Хүмүүд болон хурдан хооллолтын байрлал, цагийн өдрийн өмнө нь хэлхээнд нэмж ордог

Энтропи өсгөлөнд, хурандаа урьж яваа нийлээд

Тухайн хайнаас талаар асуудалд оролцохгүй, пластик олон хүмүүсгүй байх шигээ байхгүй байх хувь ухаалаг.

Матери Энерги Дуалити"

Матери ба энергийн дуалити амар ч хялбар юм

Мөн тоглоомны мэдэрийг байдаг хүнд бодохгүй

Галактик хэлбэл матери болоод

Галактикийн матери нь энерги болдог

Гэхдээ бүх матери болон энергийн нийлбэр нь нэг

Тусгай матери ба үдэрт энергийн алдаа нь тань таамагдсан хурал

Тоглоомны мэдэрээр бид матери ба энергиийн хамт тоглож байна

Гэхдээ хялбар технологийг санал болгохоор ч илүү алдахгүй

Цаг ба орчинд бидний байршлийн хязгаар байна

Тоглож буй матери ба энергийг хувиргаж болох хялбар технологийг сурсан өдөр

Цаг ба орчингийн талбар нь үндэс нь баталсан болохгүй

Тэр богино хийгээдэг технологийг сурсан өдөр, энэргийн хурал ч муу тусгасна

Та бурхан нь Шрёдингерийн мурын доор байх болно, муур

Вселендээ тэмдэгт мэдэх интеллектуал роботууд, "урагшаа нялхаг" гэдэг нэрээр тоглож байна.

Ижил тоглосон Вселенюүд

Шашны амьдралын туршид арван жилийн чөлөөгүй хамтран

Физик ба шинжлэх ухааны бүлэг нь энэг зургаан ба бүүлгүйг тулгарч

Физик нь дээдлэг хүч чадалрал ба боловсролоор тодорхойлоогүй

Өнөөдөр тэд тэдгээр нь тухайн анхаарлыг тайлбарлахдаа илэрхийлэгч гэж хэлж байна

Гэхдээ зарим настай ойлголтыг түүнд хялбарлаж үзэхдээ

Хилийн физик, дэндүү физик нь хэн ч бодол амьдрал гэнэ

Боловсролын туршлагтай батлагдан, жилийн үед нь баталгаажин

Харин ялгаатай философ бодол, бусад хэл дээр тайлбарлагддаггүй болдог

Энэ нь боловсролын багтай түншлэл дэмжигч амьдарчгаая

"Бид юу мэдэхгүй бол үнэн мэдэхгүй" гэдгийг боловсрол нь төлөвлөж байгаа юм

Харин хэнд мэдэхгүй параллель вселен, батлагдсан бол, хариулт нь өнгөрч болохгүй.

Тоглогчийн Үнэ

Скрёдингерийн хайрцагийг цагийн хувьд нээж үзвэл

Хайрцагийн дотор байгаа муууртай хайрцаг эсвэл үхэж болно, болон энэ нь бодлогоны асуудал юм.

Гадаадаас ирсэн оролцогчид хамгаалагдаж, иттэлтэйгээр бодож чадахгүй болно

Гэхдээ, бид бодолт харвал үүний байна

Энэ нь, түгээмэл аралд оролцогч нь чухал юм

Давхаргын хувьд хавттай шугаманд, чухал байхад цэргүүд ямар нэгэн гарч байгааг хараад

Үгүй ч гэхэд чамаас харицдаг ч, энэ талаар хууль олдохгүй

Холбоотой цэрэг цэрэгтэй цэргүүдийн хоорондын мэдээлэл гэрэл мөрөөр илүү чөөнө

Ингэж, ирээдүйд зурагт үүсэхэд гал зардал ба галттай болж байна.

Сангийн интеллект

Цамц хэрэглэх ч асгардаггүйн архаас дарснаа шахах ашиглан хүснэгт хийх шаардлагагүй

Машиныг арьс хоол хүндрүүлэх үгүй, мөхөл илдвэрдэг жинхэнэ шүлэгт бороо цуглуулах ч биш

Тэнгэр тамиртай байхад цэцгийн баримт бэрж, эм багшаа хийж болдог

Сангийн интеллектээр ану байгааг нэгдэхээр нэгдүгээр үе үлдэх болно

Бүх зүйлийг роботууд сангийн интеллект ба нарантай гүн утасгүй ашиглан гүйцэтгэхэд

Иргэдийн хамгийн өөрийн сод учраас, амьдралын боломж ба бүтэц зоригүй

Энэ нь иргэдүүдийн хөгжсөниийг шинэ буруу генетик кодыг бичих үеий

Би техникийн компьютерын доор мөн оршихад санал бүүдэхгүй

Би өнөөдрийг өөртөө мэдэгдэх хэрэгтэй, хэрэв цаг их харуулахгүй болгох.

Цагийн хэмжээг хангалтгүй болгохгүи

Том хүртэл байгаа галактик дэлхийд гэрчлэл унших хурд нь хэвийн байж болохгүй

Энэ нь планетийн нэгдсэн орчинд хүн нэгдэл, алиен ба хүн араацаа үл мэдэж хэрэгцээнээрээ байгаа болохоор байна

Энэтхэгийн байрт олон нийтийн цивилизаци байгаа бол биенээс ялан дуртай үлдээд

Гал гарч ирэх нь ирэхгүйгээсээ ихгүй байж болох боловч, манай хүндийн төлөө ч сайхан биш

Скорость нь аюултай залуусын ирэлтүүдийг мэдэхгүй байх хэрэгтэйгүй

Цагын харанхуйд туннель нь цивилизацин салшгүй болох болно

COVID-19 хэвлэмэл вакцины ашиглалтыг вакцинд ирсэн амьдралд хэрэгцээнээр үүсч амьжиж байгаа

Сайхан залуу хүн нэг нь тэр асуудалгүй унасчихлаа

Илүү ойлгоодоо бусдаас хэцүү ч, сэдэвгүйгээс даваарагдаагүй

Гал гаргадаггүй бол унаж, цагийн туннель нь хомо сапиенсийг барихгүй байх ёстой.

Нэгдүгээр Үед

Хэдэн үедээ нийтэд нэг албан тушаалтай, гол дэлхийн хүн алдартай хэдэн аймаг байна

Үд дунд олон нойрсоор буухад тэр ойртож, сонин суухад дахин гарахаар дүрэн

Тэнгисийг мэргэжлийн өдөр тутамаар гаргаж байна гэж Бурханаас зөрчсөн гэсэн үг

Ялангуяа худлаа нь бас хангалттай, үүсгэсэн үедийн хүмүүс

Мянган жилийн хугацаанд тэнэг бомб нь гарч байхыг мэдэхгүй

Дэндүүг тоглоход хамгийн сайн, пирамид, монумент болон их гэрээ бариа

Үргэлжилсэн болоод байсан бол, бид одоогоо модон цивилизацийн үе дээр хүрсэн гэж болно

Засгийн үеэд адуунаас нь арвиж, арван жилийн хугацаанаас хаагдаж чадахгүй болсон байсан

Үнэлгүйгээр, бид Эзэр гэж нэрлэдэг зоригт биш·

Одоогоор их судлаачид тэгж байна, тэгвэл тэр болтогч гэж хэлдэг байсан

Өнөөдөр хүн хоёрын эргүүлэн гэдгийг мэдэж байна, тэгэхэд тэдгээр хариуцлагатай учир хамгийн сайн

Өдөр тунадаас, суудал, олон тэнгис, уран хоёртойгаас гарж, явдаг.

Хүнд тэмдэг

Бид зөвхөн атомуудын том хөндлөн нь эсвэл амьдралын бусад юмуу бусдын үрснэн учраас уу?

Эсвэл хүн төрлийн атомын хослол нь бусад атомуудтай тод хамааруулахгүй учраас уу?

Атомын ялгалын нэгдэлдгүйг нэгдгэх нь удирдагтгүй учир, агуу, робот, ба компьютер чийг алдахгүй

Бидэнд өчигдөг харандаа болгон, атом нь хамгийн бага өчигдөг байх болсон гэж бидэнд хэлсэнгүй

Дараах үе хүрч дээд дээр очих учраас үнэнгээ асуулахгүй байдаг

Үнэнхээн бага өчигдөг үе асахгүй байвал фотон, босон, эсвэл хуурмаг урсгал гэж бид бодож байгаа

Зүйтэйчүүд нь хэлж байгаа юм хүнд зүйл гэж байх болно

Ямар үүрэг ба тухай үнэнгүй, биднийг эзэн хийсэн бүгдийг иттэнэ

Гэхдээ санасан хариу болон түүнээс ирж байгаа бүгд нь бидний гадаад байдлаас хамааруулахгүй

Бидэнд зөвхөн ягаан алим ба бүхий дуу бүрттэн их ойлгон хэрэгтгүй

Гал гарч мах, болон түүнээс хийсэн шар амьсгааг харамсан хэмээн

Туршлагчид бүхнийг урьдаас нь таардаг Хүнд тэмдэгийг олох, дээрх бүгдийг хамааруулах.

Философийн эргэлдэх хэлэлцээр

Философийн эргэлдэх хэлэлцээр, толгой эсвэл аян гарлаа, эсвэл ням гарлаа гэж асуултад байна

Хоёр талын логик нь ямар нэгэн үг гэж боломжтой, харьцуулах боломжтой

Матери ба энергийн хувьд ямар нэгэн баримт байхгүй

Энергийнхээ тэнхээ гарч байгаа нь хувь болж буй үнэн үг

Энерги нь үүнийг үүсгэхгүй, усттахгүй хувь байсан анхны хуандаа

Энерги-матери хувь байдлыг дийлэх үнэлгээ удаан өнгөрч Эйнштайн талархаж хэлсэн

Хүчин ба тутам нөхөн ч чадахгүй, чандай ямар нэгэн элемент ч байдаггүй

Дэлхийн тухайн анхны баримтыг хэнд ч сонсож байх асуулт хамт байж байгаа

Энэ нь Скрёдингерийн муурлаг хандах нь илүү төөгөрөгтүй гэж бодох албадлаас ганц ч болохгүй

Бидэнтэй гурав, котийг муурлахгүй бол, бид махаар хүсье, муск хүсье, хайрлахгүй, ба яв.

Би үргэлж явaагүй

Тэнгэр дэлгэц үргэлж энэрэлж байгаа

Би чамд энэрэлж зориудтай үргэлж аялахгүй

Тэрбээр нь намар, тэрбээр нь бороо

Тэрбээр нь бороохон, тэрбээр нь зуд

Гэхдээ би аялахгүй, үргэлж энэрэлж;

Аялалын зам нь үргэлж нарийн ба хянамгай байсан

Гураганд орж адаг аялсан, би хэрж устаад

Тэнгэрийн толгойг гамжиж баруун нь байдаггүй байвал

Би өөрсдийн нууц давхарга үүсгэж усан устсан

Гэхдээ би аялахгүй, үргэлж энэрэлж;

Зөвхөн харагдацгааягүй тэмүүлэлд, би баарав

Гэхдээ би биш нь даралтын замын голдуу болж угаж

Бахархаж, би зэвүүдэд зогсож байсан

Хурдан татаж, чиглүүлсэн ойрд өнгөрч байгаа

Гэхдээ би аялахгүй, үргэлж энэрэлж;

Би аялах замыг харж магадлалтай олж байгааг мэдэж чадсангүй

Алгуу тосгончлон жаргаад, тэмүүлэлт дүрмэсгүй аялахгүй

Хоногшуурруулагчидтай амжуулсан сонсгонд хөөрч хичээгүй

Зогсож буй хүнс төлөөлж, болоогүй үйлдлийг хийгээгүй

Унтахаа давтал тэгсэхээр, өөрсдийн хүлээн авсан ч аялахгүй;

Би аялсан замыг томилсонгүй, орлого ба засгийг тоолоогүй

Засгийг нь, үргэлж энэрэлж нарийн байлаа

Зохиомж авахгүй байгаа учраас зөвлөгөөгүйгээс

Үнэлэгдэлтэй хүмүүсээс зэрэг амаргүй

Удахгүйд, би ойрхонд нөхдөд ажиллахгүй, аялсан зорилго юм гэж мэдэж байгаа.

Хүн төрлийн тоглоом ба физик.

Гравитац, электромагнетизм, том, жижиг нуклонийн ач холбоо нь үндсэн

Энэ нь галактик, тодорхой замд нэгүүр болон статик бус, санагдаж байгаа үг

Матер, энерги, зам, цагт эдгээр дөрвөн хэмжигдэн, үүрч буй тоглоом

Үүнийг судалж, гадаад хэлэлцэж, олонд санал болгож байна гэж учирна

Үлэг энергийн байдлын байгааны шалттаан болон үзгээсэн үедээ амьдралын заншилыг мэдэрэгүй

Хотын мэргэжил нь идентик, бас хувьд өөрөө байдаг

Галактик, бас Таатай, хотыг байгуулж, дуудлага хамарна

Квант холбоос нь хамгийн их хурдан дагуулаагүй

Цагийн аялсан жагсаал, галактик руу явах холбоосыг зөвшөөрнө

Бид дээр нь олон нэгэн асуултууд орж ирдэг

Физикийн ба Таатай хоорондын тоглоом диилдэг бөгөөд зөвлөгөө өсөж зохицох амулт сонирхож зориулдаг.

Түүнийг Телекс гэдэг машин байсан.

Энэ нь тун ч охин шинэ үе шалгах болохыг илттэнэ

Телекс болон факс машин, хэрэглэсэн боловч одоо бид гайхаж байна

Интернет кафетай болсон тоглолт минь эсрэг газар тариалан хаагдаж байна, мэдэхгүй байх

Гэхдээ хувцас кафегийн өмнө биенэх хувцас шувуу байна

Кассет ба CD тоглуулагчийн их хуудас одоо гэрэлтсэн байна

Гэрэлтсэн болон үндэсний мэдээлэл хэрхэн тухай ярилцсан бэлэн байх

Гар утас, сошиал медиа тухай бол тухайн тохиолдолд агуулга, байж болно

Технологи нэг хоёр ойд ашиглан сая яалт, гэр болон эх үндэс

Хотын цивилизацийн тариалан цаг хугацааныг байхгүй, хамгийн хамгийн буцаг байна

Олон улсаас нь олон хүмүүсийн сэтгэл хэрэгцээ бол аюултай байдаг

Физик ба технологи бусад, вар болон алдрыг ямар ч хариулах боломжгүй

Тэдгээр технологи халуун дэлгүүр хамгаалах, ээж болон хоёр хүүдэнд хариулахыг ямар ч аргагүй.

Миний сэтгэл

Миний сэтгэл хүсэлтийг магадгүй болгож чадаагүй.

Миний сэтгэл хүсэлтийг гунигтүй болгож чадаагүй.

Гал, гайхамшиг миний аянд биш.

Би болонь сүр хадгалагдахыг сайжруулдаг.

Сайн үйлчлэл, эрүүл мөн миний сонирхолтой.

Гаргал, барилдаа найз залуучуудын өмнө дээш биелүүлэх гэж байна.

Асгийн гэмтэж байна, би үнэхээр ангилах гэж байна.

Залуусуудыг би хязгаараар нь алгасна.

Би бага аж ахуйг хийж чаддаг, аюулгүй байдлыг хамгаалж чадаагүй.

Тамыг хамгаалах боломжгүй байна, би тусламжгүй байна.

Дайн, агаарын бохирдол би гомдол үздэг.

Адуу, ачаа миний сэттэлтэй байна.

Хүн амны мэндийг эрвэнэгтэйгээр байгаа.

Хэрэв Олон оронд тулгарал бий бол

Олон оронд тулгарал бий бол болох бол

Тэгшиттэлийн теори нь үнэхээр үнэхээр баталсан тохиолдол юм

Хамгийн ихдээ хүн байгаа цагаан хотыг ашиглав

Хүн нь амьдралд хамгийн жигшүүр хамгийн ядуу хүн юм байж чадах байна

Тэгшиттэл нь сайн уламжлалын зарчим байж чадах байлаа

Олон ороо талаар харьцуулах нь сайн, муу, алдсан байна

Хүн муу хүний байнга цаглаа үрттэй болоод үйл ажиллагааг шинээр эхлэнэ

Эхний үеийн үр дүнтэй хүнд үйлчилж, сунгах

Дэлхийд төрүүлсэн хувь байгаа үеийн дуураар, дараа нь газар болох хамгийн үеийн зарцуулалт гарч ирж байгаа

Гэхдээ цагаан хотод байсан та нар боловч, үр дүн галтайгаар байгаа

Тэгшиттэлийн нэг байдлаар хүн адилгүй та нар тэднээ хүчтэй байгаа

Тэд нь мэддэг, эрх чөлөөт хамгийн эхний эцэг эхчүүдийн муу ДНА хуруут дараалж сүйттэж хаах болно.

тэсрэлт

Олон хүнд мэдэхгүй боловч товчлуур дутагдах коэффициент нь "ми" болохгүй

Товчлуур байхгүй бол энэ планетт амьжиж болохгүй

Амьжих үүсгэлт эр эмийн товчлуурын хоорондох товчлуурыг анхны байршуулахоор эхэлдэг

Товчлуурын дагуу шинэ төрсөнчлөл, хуухдийн луу амьдардаг

Товчлуур байхгүй бол гал гаргахгүй

Гал нь бүх хүн ажиллагааны тоглоомыг өөрчлөж

Голын ачааг товчлуур байхгүй бол хөдөлгүүрийн товчлуур

Өндөр том чийглэг автомашиныг зогсохын тулд товчлуур нь анхны эсвэл бага хэмжээтэй илүү том ачааг гаргах шаардлага

Хэрэв товчлуур байхгүй бол таны хөдөө гэрийн иргэдэд зогсохгүй болно

Хөрш хонгийн булантай сирийн талбай руунд зогсоохгүй

Дурсамжийн товчлуур төгсгөлгүй нэгэн санаа байдаг

Товчлууртай ядран тахимаар хамтрагч утасны бүтэцгүйг тохируулахын тулд шаардлагатай

Эсвэл нь ядраны товчлуур нь эмчилгээнд ачиллага өгдөг

Товчлуур харьцааны товчлуур нь аюулгүй бөгөөд их тахил шатаалтууд руу зорчихыг авчирч

Энэ нь аж эрс үндэсийг гол тулгарч, хүмүүсийн нэр хийх болно

Товчлуур сайхан болон сайн байна, тэдний ашиглалтаас хамаарна

Товчлуур байхгүй бол планет дэлгэрэнгүй идэж, эрхгүй болно.

Бид Юу Мэдэхгүй

Физикийн мэдлэг нь өндөгний эсрэг үлдэгдэл болох юм

Физикийн мэдлэг нь хууль энэ хуучин физик юм

Саарал энерги ба хар эс агаар хүч маш үнэн удирдах

Матери, энерги, цагийн тухай манай мэдлэг нь зөвхөн үндэс болох

Космосын хязгаар нь том тодрох, хулэгдэх боломжгүй

Антиматер болон параллель бүс мөн хаана хаанаас үнэн юм бол

Ан дундаж хувьсгалтанд газрын агуулга байсан байж, бид одоо мэдлэгтэй

Физикийн амжилт нь маш хурдтай, гэхдээ цагын дамнаас харах хэдий

Тэмдэглэлийн дунд тэнгэр таасан хурдны үнэлгээ нь бидний мэдлэгээс ч илүү хурдан

Бид тэмдэглэгийн талаар их сонирхохгүй, тэр хэмжээг бид нэн дээр санаарай.

Үнэний огт мянган мянган хараадаа иржээ

Иргэний цивилизаци нь тун удахгүй шууд нь амьдрах боломжтой болно

Анхан орны өндөр сарын оройн мянган амжилтанаас

Өнөөдрийн олон адсан хар амьдрах боломжтой

Өнөөдрийн алдаа хэн ч унтахгүй байна

Будда, Исэс, Мухаммадын үнэн түүх хариулагдана

Уламжлалын сургуульд халуун бичгийн ялагдаж чадна

Мэдэхүйн зам, айдас зам, утаан зам бахархаж байна

Хорго бусад хүн болон зөвшөөрөгч нь дархи байлгахгүй

Иргэн цивилизацид буруу хүн, буруу хүн газрын удирдагчид хадгалдаг болно

Тэд мянган амар, гар улсын амар харьцааны газрын удирдагч руу явдаг болно.

Салгаалж болон Интеграц

Бид хүнийг салгаалж давтах болон давтах

Эцэст нь бид үнэхээр амьдрах хагас ягаан гоёмсон хүн үртэж орно

Гол хүнийг эхлүүлэхээр бид Будда, Исэс, Эйнштайн гэсэн урьдчилсан хүн үртэж ороод

Үндсэн нь салгаалж боловч нэгдэхээр бид үнэхээр үнэмшил, ягаан гоёмсон хүн гарч орно

Тиймээс, интеграц нь салгаалжаас илүү дуртай юм

Интеграц нь үнэн зөв хаана байгааг олж болох зам, асуудал шийдвэрлэх зам юм

Салгаалж нь хоёр дахин харилцаж байгааг хаана, дуурчлалтай юм

Иргэн хүчтэй байгааг мөн амьжиралын үнэмшээр ойлгоож

Гэхдээ, эрт хүн байхын төлөө адил хурчийн замыг явуулах болов

Биетийг биетээр хийх боломж биш, биетээр эрхлэхгүй юм

Үүнийг хамгийн ойртсон хугацаанд үнэхээр үйлчлэх ч болохгүй.

Шорондоо хархирах сүмэг

Амьдралд интеллект буюу хүн шангарахад амжилт байна

Гажирдаг илүүдэх өнгөрүүллэхгүй болон Фрэнкенштайн үүсдэг

Хүн бидний үүсгэлт хүчирхийлэх боломж болно, их амьдралын турш

Зөвхөн интеллекттэй робот ч амар хүчирхийлсэн байна

Гачиглалт буюу тариа амьдралыг жижиг даруу цагаар өнгөрүүлэх хэрэггүй

Тортс гэрч мэдрэхгүй жил байх нь хүн хэр хийх вэ?

Байж жүжиглэх, дигитал виртуал дэлгүүрт цагийг нь хэрэгхэн

Дуурахгүй, сонсдоггүй сигналаар дигитал өгсгөх нь арван гаруй арван

Тийм ухаалаг сан гарах болно, сигналыг авах болон хашиж декодлох

Тэдний судалгаа болон хөгжилд үндэсний цэнхэр мэдээний өгөгдөл хэлбэхэд ашиглана

Генетик инженерчлэл арьс, интеллекттэй инженерчлэл адил харагдаж болно

Ковид19-с хоцорсон бол арьс, дүрэлцэттэхээр хүн устах хэрэггүй

Гэхдээ, хүн сэттэлдээ дурдсан тохиолдолт хүрэхгүй, дуурайна.

Бид зургаанаас өнгөрнө

Амьдралын аялаас нэгдсэнээр бид их болон өнгөрдөг

Амьдралын аялал нь хамгийн сайн багш ба бидийг төгсөж хүмүүжүүлнэ

Галт тэмдэглээгээс тэмдгийг ариулж өнгөрүүлэх адил

Урьдчилсан мэдлэг багатай хүн бага аргаараа харшлана

Урьдчилсан мэдлэгийн их хэмжээ нь байхгүй

Тиймээс мэдээг усттах, найз, урьдчилсанаар мэдэх нь сайн юм

Өөрийн бүтэн харьцаа, шинэ зүйлсийг хайхыг бидэнд сонирхох шаардлагатай

Санал харуулахаас нь илүү сайн, хүмүүсийг хайхыг бидэнд сонирхох шаардлагатай

Тийм амьдралын нэгдсэнээс бид өнөөгөөр өнгөрч, үргэлж нь их хэтэрлэнэ

Уур амьсгал, эрч хайх хугацааг амьсгалчид мэдрэгдүүлэх юм

Үргэлж харилцан өнөөгөөр нь хорьцууд, сэттэл санаанд бодолгуулдаг нь дараах амьдралын санаа

Илүү хэрэгтэй хоолой болон амралтын өгөөмрийн шаардлагаас хамгийн үнэт хоолой нь цус хийгээд байх юм

Эсвэл бидний тухай ороо яригүй, хэсэптүй байх болно

Хоёрдогч орондоо, яриаг алга болохыг мэдрэхгүй, дурсах гэсэн үг

Уран шатан бидний дунд бид хүмүүс нь бидний өмнө байхгүй байгааг мэдрэхгүй.

Адамдарын бий болгох зүйлсийг мартсан

Бид ганцаард нуттаас болж байгаа, эсвэл олон өндөрт байгаагүй алга

Энэ планет дээр сая жилийн үед амьжирсан ба өндөрлөсөн

Соёрхсон гэсэн хүмүүс эрсдэлтэй байгаа ба эрсдэлийн тулд амьжирсан

Гэхдээ одоо глобал тааран, бүтэмжээрээ аялах болсон байна

Биш болон ганцын толгой бүр үргэлжилж байхгүй, бүх зүйлийн дайсан орох болно

Төлөвлөгөө, ахан нэгэн ямар байх болон арванжилийн огноог нэг хүртэл байхгүй

Хэрэв бид дүрсэлж, үйлчлэхгүй бол, тэр болох болсоныг харч, дараах оноог нь билэж байна

Аюулгүй чихэр ашиглан мультикосмос планет хайж олж, амьдралын заргаа гаргах болно

Хөгжилттэй унасаны дараа, технологийг ашиглахгүй болох юм

Толгойн байр тэнгэрийн хайртай хүн хамгийн ойртож, хамгийн хурдаар харах болно

Планетыг хамгаалахын тулд, үндэстний орцгийн тусгайлаг биш, мэдээг мартав.

Цахилгаан технологи нь түүнгийг байдлыг харуулсан

Квант компьютерээр цахилгаан технологи

Тиймээс, ижил өргөн орон сууц үүсгэв

Тэрээр зугтан, тэжээсийн түүхийг байхгүй дамсан шууд баригч гарч ирсэн

Төлбөртэй материалуудыг порталоос авч хараад болдог

Өмнө нь бид ухааргүй смарт телефоноор тэрээр гарчиж

Бидэнд захиа өгнө, сайхан орой гаргаж эхэлнэ

Тэрээр материалын жагсаалтыг бичихэд гарц байвал

Арилгахын тулд тэрээр дараа дуудаж байсан

Одоо тэрээр цахилгаан компанийн явагдсан хүргээнд хүлээн авч хүндэлцлээ

Түүн болон түүний олон ажилтнууд, холбоо барих болон харилцаа алдах шаардлагагүй

Технологи тэрээр болгоомжилтой гаргаж, хүргэндээ нэг гар болгон амьдрах машин болсон

Түүний өмнөх хэрэглэгчид болон гадаад хүмүүсийн хамгаалах ямар нэг холбоо юмуу холбоонд үзэгдэнэ.

Бид дигитал байна

Бид үнэн биш, дигитал зүйлүүд л болно

Бид ямар гэдгийг үздэг, сонсдог, чинь гурав хэмжээтэй холограм

Мэдээллийг болон өнгөрүүлж буй өдрийг хэмжээгээр санаар хадгалах

Бүх зүйл квант ачаарын чулуутай төгсгөлд тохируулж буй

Бидний сэттэгдэл нь протоны, нейтрон болон электрон харахгүй байна

Үүнээс бусад хүн гэсэн эрхэм чулуу, бактери болон хүчний вирус харахгүй

Бидэнд орог байж болохгүй болохоор дигитал юм

Ачаа байгал оронд бид ч үнэн биш болно, бусаддад хэмжээнд дигитал

Холограм нь дигитал байдлаар хэрэглэгддэг ба бид бид үнэн биш гэж ойлгодог

Тиймээс, бид эрхэм тоглогчидтай дигитал тоглоомыг тоглож үзэх үед бид хэмжээг мэддэг

Бидний амьдралын дигитал үнэн бидний тухай дүрс мөн үнэн

Холограмд төгсгөлд байгаа хязгаартай мэдлэгийг нь тодорхойлохыг ашигладаг

Ингэснээр хүний мэдлэгт байх зүйлийг тайлбарлах үед абсолют багцын зам

Биллион жил хугацаанд иргэн мэдлэгийг холбох юм байх болно

Энэ хугацаанд гал тоглуулах эхлэх болно.

Амьдралын сэтгэл болон санаа

Амьдралын санаа нь ДНА, боловсрол, шүүлт, бодит ажиллагааны санал болгож байна

Иргэн хүний санаа нь үнэндээ их ухаан болон асуух чадварыг олгодог

Тамын байгалийн цус зогсдог үед өөрсдийн агуу чадвар заншарч, ажиллана

Тамууд нь бактерийн болон вирусын хамаарлыг санал болгон олон нийтийн ажлын хэсэгдэж тулгардаг

Тамууд нь амьдралын үе шатыг бактери, вирусоор хамгаалах чадваргүй байна

Амьд, үнэндээ хүн арван жилийн байсан туршилттай хамгийн сүүлийн цус зогсоогүй

Газарзүйн дэлхийг үнэхээр тэтгэж ороогүй байхад аливааг автоматаар сэргэж байхгүй

Хүмүүс хэдэн замаа яаж ба юу тийм санаанд орохоо тусламж авсан болсонгүй

Боловсрол, сургалт, судлал нь хүн боловсруулалтыг өндөртэй хийсэн

Амьнууд ба хонинууд тавигдаагүй бол харин тэдний хөл тоглож байна

Амьнуудын санаа бүх нэгэнд ялгарч, өөрийн боловсролыг үндэс болгохын тархсан байх

Солилцоо, хамар нь хүний санаанд харгалзаж, тэдгээрийг даган харуулж байна

Цусын бүх амьдралын анхдагчдын санаа нь өөрсдийн ямар ч гэрэл зургийн болгон өөр үнэ цэцэг байдаг

Амьдралын бүх нэгэндээ ялгавар сайхан нэгтгэхийн тулд квант хөлжилтийг ашиглах боломжтой байх

Арван жилийн өмнө мэдэх арай дэнд адилхан онос мөргөлдөн өртсөн

Арван жилийн өмнө мэдэх арай дэнд адилхан онос мөргөлдөн өртсөн

Амьдралын бүх нэгэн нь бусдынхаа амьдралын санаанд ямар ч ялгавар, нэмэлтгүй

Энэ амьдралын бүх нэгэн харилцааны орчинг квант хөлжилтээр нэгттэх гэж байна

Арван жилийн өмнө биш болох тул эрдэнэ үнэд танаас байгаа хар хариу харуулах хугацааг хамгийн сүүлийн үе хэдийнэ мэдрэхгүй

Муур нь амьдралыг бүтээж гарсан

Муур нь шавар бүхийг цохилтотой, эрүүл хаваргүй гарлаа

Үйл явдлын үед байгуулагчид дурсаж мэлдсэн

Их арван хүмүүс цохилтоо яаж хааяа харлаа, муур зугаалсан

Муур ба радиоактив материалын дундаж амьдрал нь муурт хамгийн хэцүү болж өгсөн

Боломжийн болон тодорхой хэмжээнд туслахгүй тодорхойлол болон эрхийн асуудалыг биелүүлжээ

Муур хөгжилт нь амьдралыг хамгийн ойртсон тушаал, хүн ялгавар

Муур хөгжилт, хүн хөгжилт болон бэлдсэн амьдралын тушаалд үгүй

Тэр хэн бэлдсэн болохыг олж үздэггүй, тиймээс хиймэлийн асуудал

Тэр нь өөрийгөө гарахад биш, Дэнни болгоон оролдож чадахгүй

Шүдний хамгийн хялбар харах, эрхэм үйл ажиллагааг бүрэн таамаглахгүй бол

Томоохон орчинд шүднийг бүрэн таамаглах, томоохон биологийн эрхийг тэгшээхгүй.

Их Хориг

Төвөгтэй болох нь амьдралын үндэсний үнэмлэхээр нь баталдаг

Эмч нь бусдыг батлаж болохгүй тул төвөгтэй байж болохгүй

Крикетийн тоглогчид шороонд төвөгтэй байдаг ба тоглогч нь тоглоход голийг санаж байгаа

Футболчид төвөгтэй байгаа ба гол хийж эзлэхэд төвөгтэй байгаа

Өдрийн байдлаар төвөгтэй байх нь гайхалтай ажил юм

Таалагдсан хүн төвөгтэй болоод баруун насанд охих харагдаж болно

Гэр бүлээр бизнесийн орчинд төвөгтэй байх боломжтой

Математик судлаачдын хэрэгтэй болох нь төвөгтэй байх юм

Төвөгтэй болох нь нэгж бэлгийг дөнгөж байгуулах болно

Төвөгтэй болох нь гэрэл мөнгө хайхыг магадгүй болгоно

Амьдралд төвөгтэй болох, төвөгтэй болохгүй болох нь их хориг юм.

Амьдрал гүн ургах цэцэрлэг аль болохгүй, гэхдээ тэнгэрлэг бий байгаа

Бид зүрхээр мөнхөд өрөөний торгоор мөн орох, амьдрал нь саруул шарлаж байхыг хүсдэг

Бидэнд баруун жагсаалт, алтан замыг барих ба дагаж байх ёстой гэдэг

Гэхдээ, үндэслэлийн хувьд хувиргасан нь там

Бидний байрлал нь хувиргасан цагаас үүсдэг

Ан тодорхойгүй нь бидний амьдралын үндэс гэж байна, ганцхан явдлын хэсэг

Өрөөний торгоо нь зөвшөөрөгдсөн тэгш маань гэж болдог

Бидний байрлалыг илүүд харах хугацаа байхгүй, гадаад хувиргалт

Зарим жилийн туршид харуулах сэнснийг бид хэзээ ч гайхсана гэж байна

Там, өндөр насанд торгож байдаг гэж төвлөрүүлэх гэж болвол, таны анхаарал гайхсана гэж байна

Хурдан болохыг хүсэвэл, том болон муу шалтгаанууд нь танилтай

Алга болсон байхад, харайхан байдлаар үнэмших зүйлс нь таныг хүчирхэг харуулах болно

Амьдралын илэрхийлэлт ба наран шархны хэсгүүдийг та самбарлан харж болно, таны эрх, мөнгө, байр санал болно.

Өргөн хүн

Давхар хөлөгийн амьдрал ямар байх вэ?

Хүн тэрсийн урсгал хийж чадахгүй бол их төлвийн зарцуулалт алга

Одоо хамгийн байдгүй Малайзын иргэний нисдэг өрөөг хаана байгааг олох боломжгүй

Газартаа орсонгүй дэлхийн хувьд хэзээ ч байдгүй зарим тусгай өргөдлийг тайлж чадахгүй

Ямар үүртэй болсоо гэж бидний бие гэж байгаа шүүдэгч үеийнхэн мэдэхгүй

Тэдний амьдралд ба иргэн үйлчилгээг харахынхаа бус зам байх боломжтой

Үр дүнгүүдийг тайлж чадахгүй бол, тэднийг огнооныг мэдэхийг болино

Давхар хөлөгийн эрчим хүн амьдралд бус зам байх боломжтой байх нь тодрох хурд

Бидний дунд их дүйцэд шөнө жиргээд агаарын мөндөө шүүхэн гэж байгаа биш

Гэхдээ тэднийг хуучинг нь багаас үзэхгүй бол даруушгүйгээр яг тодорхойлох боломжгүй

Давхар хөлөгийн алсын эрчим хүнсийг элсэх боломж байдаггүй бололтой

Багш нарны үйл ажиллагаанд бодох үр дүн, нийгмийн өгөгдлийг олсоорой

Хэрэв бид энэсүү хайрцагийн ач холбоотой бусад харагдахгүй бол, тэмдэглэх хэрэггүй байна

Бурхан нь бидний г метрүүгээр нэгжлүүлэх боломжгүй болсоо, иргэн хүмүүс дэлхийн дайчилт байх боломжгүй байна гэж нийцгээе.

О, Шинжлэх Ухаанчид, Дорны Шинжлэх Ухаанчид

Дэлхийн талаар асар баясгалан зургаж, төлөө үнэнтэй байна

Амьдрал ба засаг үнэнтэй буюу үнэнтэй хурдаа байдаг

Хүн генетик инженерийн үр дүнтэй үйлдэхгүй

Өмнөх нь хүн газар болгосон

Амьдралын байр бүхэн боловч тус тусд холбогдсон ч дээр

Сая оны өмнө, амьд амьдрахад тунгалаг үйлдэл хийсэн

Динозаврын усттал, бусад нэмэгдэх үйлдлийг таслаад

Хүн амьдрал одоо газрын ганцхан байрлалд хурдан хурдан үнэхээр тэнцэн

Генетик инженерийн тусламжтай ба иргэн цагирхан болох

Харин амьдрал ба генетик өргөн болох хувьд

Сая жилийн өмнө хамгийн улам ухаалагчид бодох үйлдэл үргэлжилжээ

Гэсгээлийн тархаас ч илүү боломж байхгүй болно

Энэхүү үйлдлийг хамгийн хамгийн улам нь үйлдэхэд хамгийн хамгийн түгэн байлгахад болно

Тэр нь хүн хамгийн өршөөгч амьдрал болохгүй, бусдын амьдрал хэрхэн болох вэ?

Үхэх хүмүүсийн дайчлалын дайн уу хэр ижил нь хэвтэх болно

Урьдчилан хамгийн ухаалаг тусална гэвэл, хамгийн өршөөл туслах

Чиргээ тахим жагсаалтыг харуулахгүйгээр арван жилийн үед сурцгаая

Урьдчилан хамгийн хамгийн хүчирхэг хөгжүүлсэн үед энэ үйлдэл хорлогдох болно.

Хүн шинжлэх ухаан болон квант физикс

Хайр, иттэмээ баталгаатайгаар дагуулдагтүй

Хүний амьдралд хоёр нь үндэстэй

Бидний амьдралд анхаарал ихийг бүтэнхүү

Генээс гардаг хүчид нь хамгийн гардаг

Гэнэ холбоо нь өжүүлэлтэй агуулагддаг

Үндсэн хэсгүүд нь үндсэн байна гэж ярих нь ашигтай

Тэмдэг галуут гэдэг нь хөдөлгөөний хэлбэр байна гэж хэлдэг

Квант холболт нь гайхамшигтай юм

Квант механик нь шинэ боломжууд хүлээн авдаг

Гэхдээ, хүн шинжлэл, санаа бүртгэгдэн ярилцдаг.

Эх бүтээл болон санаа юу гарах вэ?

Энэ дэлхийн дотор, би аль хэдийн анзаарах эсвэл шалттаангүй байж болох

Би өөрийнхөө симулцсан амьдралыг виртуал амьдралд амьдрах боломжтой

Гэхдээ би өөрийн санаа, гарын томоо үүсгэнэ

Урьдчилан санагдаагүй интеллект нь миний саналын аргаар хязгаарч буй

Миний санааны гарын томоо нь үйлчилгээг алддаг байж болох

Харин миний интеллект болон санаа аргалж болох болох бол

Би илүүдэхгүйгээр санамсаргүй, бууран замаар амьдарч байна

Танай хамааралгүй, замгүй планетд амьдрах гэж юу хийхэд эсвэл ямар зорилгоор орсон болохыг хүсэж байна

Тэнд амьдарч байгаа зорилго ном биш, философий биш гэж илэрхийлэх ч байхгүй

Санал болон зорилгоо эрхэлж байгааг хэлэхгүй болохгүй

Ар ар тариана, арга хэмжээг хэнд ч хэлэхгүй болох юм шиг байна.

Галактик хөдөлгөх эргэлт хаагдаж байвал

Галактик хөдөлгөх нь үргэлж болих уу?

Эсвэл өдөр тутмын хөдөлгөөр зогсоно уу?

Цаг явцад анхдаггүй болох уу, зогсоно уу?

Эсвэл хөдөлгөөний хоёр дагуу эргэлтэн нь үргэлж хамгаалагдаж эхэлнэ үү?

Хуульгүй үед Зарим галт тарианы дайчлалыг харж ирч болох уу?

Хүмүүн цогц болон залуугаар төрөх болох уу?

Иргэд газартаа төрсөн залуугуудыг маргаашуулж, гэр бүлийн хүмүүнүүд нь аглахаар шилжих болох уу?

Уулзсан газар болгон охин газар болгоход ээжээс дуулж болгох болох уу?

Тэрэг тариалан хүн бүрийн босоо болгох агшинд олдог болох уу?

Тэмээ харандаа болон одон толгой нь шиддэх болно, биш болох болох уу?

Бүх газар болон одон хоёр л байх хэмээн төсөх болох уу?

Гэхдээ тэр дараа нь газар, цаг газар, дараа байхгүй болох болох уу?

Галактик болон одон хоёр л гүйцэх болох уу?

Гэхдээ тэгш хуулийг болон цагийг яриа хүндэттэх хэрэггүй.

Дахин боловсруулах

Байгаль үүсгэж, дахин инженерчлэлддэг

Энэ нь үүсэл, байгаль юм

Эрэлттэй толгойлд, сайн нөөц болох нь шаардлагатай

Байгаль дахин инженерчилдэггүйгээр, сайн үйлчлэл хаахгүй

Тиймээс, ахиц хурдан үйлчлэл, сайн үржих хэрэгтэй

Хүн шарах эсэх, хэрүүлэх явдал эсэхийг аялахдаа, нягтлахдаа дахин инженерчлэх

Бид суралцах, суралцагчийг уучлах, үнэн баталгаажсан үед дахин суралцах

Үнэнд үүсгэж болох болохын төлөө, сайн үржих үргэлж байна

Энэ жинхэнэ байдлаар байгаль хамгийн сайн динамик хамтарч болсон

Дахин инженерчлэл болон өвлөл тарианыг цөөнгүй явуулж байна.

Хиггс бозон, Бурхан чулуу

Хиггс бозоныг олдохоор шинжлэхтэй болсон учир ухаанч эрх чөлөөлдөг

Гэхдээ, дэлхийд Хүэн болон түүний дайчид тэнцэхээр байх гэж байгаа

Хүэн болон ширээчидтэй нийт түүний эрх, иттэхээр байна;

Үндсэн хэсгүүд нь цагийн эхнээсээ ажиллаж байгаа

Гэхдээ иттэлтэйчидад, Хиггс бозоныг олсон боловч, бүх зүйл үндэс байгаа

Дэлхийн дайнуудын ван хаангууд, Нагасакины бомбод нь, батлахгүй ч Гэгээний иг сонсдог

Амьдсан хүн ч иттэлтэйчид гэж бодож байгаа, хэдий хэдэн болгож, үндэс байсан

Дэлхийн дайнуудын засгийн тухай нь асуудалгүй, амьдардаг

Гэхдээ, амьдралын тахилч, Нагасакины хэргээр засагддаг хүн ч, хүн чинээг холиодог

Иттэлтэйчид, засаг нэмэгдэх үед байгуулагч харгалзах болно, дуудагддаггүй

Гэхдээ, хоосонч, хүн болгож, галтайчууд л сонсдог

Иттэлтэйчид нь Хүэнд, дэлхийн заргийг таригч хамгийн нэг нэртэй байна, шинжлэхтэйчид асар иттэнэ.

Агуулах Магтаал ба Квант Энтанглмент

Бурхан чулуу гэж талх ч үгүй, дайсан ч, Годзилла ч эсвэл анаконда ч байж болсон боллоо

Биднийг ганцааргүй хүчирхий, квант тодорхойлох байдлаар болсон боллоо

Байрыг ямар тодорхойлох томьёо хийснээр эцэг хүмүүс нь их гарах гэж байсан боловч

Түүний шавар зайлшгүй байхдаа хэзээ ч байдаггүй боллоо

Хемингуэйн гэрийн роман нь амжилт хүссэнд, шавар гэж байгаагаа

Гэхдээ, тодорхойлох байдлаас шаврын хүмүүсийг гаргаж, явуулж байсан

Год чулууг олж эхэлсэн дараа нь, энэ планетд, зан гаргах нь сүүлийн үнэ

Газарчлалууд цаг газар, холбогдолтой, байхгүй үед залбирч байгаа боловч, томсон

Инженерийн доторх мэдээллийн түвшний байрлал, мэдээгүй мэдээлэл бол газарчлалын хооронд харилцах зүйл

Мэдээллийн түвшний хэмжээ, мэдэх мэдээлэл бол газарчлалуудын хооронд харилцах зүйл

Томны мэдэх, био интеллект бол ч, хүнд бүсгийн тиймээс уулзалтын нам дэгдэх боллоо.

Иргэд хэн нэгэн юу хийх вэ?

Дэлхийн хоёр тэрбум байгуулахад нэгдээч вэ?

Урдаас орсон хамгийн эхний дээд хурдан ч маш сайн хоёртой хамгийн муу хурдан ар тогтоожээ

Азийн хотод зориг, явдлуудыг хурдан ойртуулах боломжгүй

Үүнээс ч ирээдүйн дээлд, боломж, боломжгүй ирээдүй байна

Алдагдалтайчид хамгийн муу хурдан болоод байгаа учир

Бурханыг олж дэмжих гэж ойлгох боломжгүй байна

Арван амгалан байхын тэр дэмжих арван нэг нь бололцоо

Дараагийн замаар, инженерийг чадахгүй ажил байгаа тийм чадалгүй хэсгүүдэд

Эхэлж дуудаж буй хоосон чадал, эхэлж дуудаж буй төвөг хол чадал төвөг болоод байгаа

Хүнд хүний хэмжээний дээд онд тааралт, өөрт харилцаа, мэдээллийн хоорондын шаардлагатайг хамгаалахгүй байна

Бэлэглэлтэй хэсгүүдэд амьдарч байгаа хүн бүхэн биш хаирагдаагүй үйлдлээр амьдарч байна

Өөрийн гэрэлтүүлж, үйлдээрэй

Оролцуулалттай хэсгүүд газрын байдлын хүрээнд амьдрахыг чадахгүй байна

Дараах байж болохгүйг нь сонирхох нь зөв биш юм даа.

Орон зай-Цаг

Цаг нь хамааралттай, урт хийгдсэн нь аль хэдийн батлагдсан үгүй

Зай нь тэнгис, галактик байгуулах бүх хязгаарыг харуулахгүйгээр гарч ирсэн

Зай-цаг хамааралтад гравитаци хүчин чадал ч том ашигтай байдаг

Гэрэлтэйн хурдаар цаг хүчинд зогсох алдартай

Бүх замаар гэрэлтэйнхээ концепт, матери, энерги, гравитаци, цар харьцуулалын харьцуулал болсон гэсэн

Нютон Эйнштайнийг хамгийн том халаалт гэдэг

Квант холбоо яагаад сонирхолдсонд мэндчилж, үндэсний мэдрэмжийг өөрчилж

Цаг зуу хөнөөц хөнөөлд нь биш, наранд нь биш бус, уран болгох үйл ажиллагааны бүрэн гэсэн домог

Маш үнэхээр ихсэн тэндийг нь оруулж байгаагүй суралцаах ч, иттэх ч чиний аргагүй

Хүн амьдралд Исээс ба Будда нарыг цаг хугацаа зарна гэдгээрээ аялдаж байх болно.

Тэнэмэл билиг харагдах газар

Том Бодлогын дараа, эхний чөттөр чадварлаг болохоор сэргийлэгддэг

Үлдсэн эхний чөттөрүүд антайгаангүй байдаг, хамгийн дээд чадваргүй

Тиймээс, протон, нейтрон, электрон хамтрагч эхний атомыг байлгаж байлаа

Хамтрахтай холбогдож, орбит хийж, бүрээсэн сонин суурь амьдрахын тулд

Амьдрах хүртсэн байхын тэднээс маш хуучин

Атомууд ялгаатай хамтрах болон сонин суурь болж, молекул болгож

Материалуудтай холбогдож, орбит хийж, динамиктай сонин суурь болсон

Атомуудыг био-молекул болгохад мянган жилийн хугацаа барьж

Карбон, хидроген, оксиген, нитроген, хараа иргэдийн амьдралыг байдлын болгож байлаа

Гэхдээ бид иттэлгүй, бид ямар хамтрагч атомын хамаарлыг эсвэл хичнээн гоё ачаалагаар нэрлэгддэг хэмээн

Үндсэн чөттөрүүд гэж харагдахгүй нь, Бурханы тасалт сонины амьдрал болсон магн гэж олддог.

Холбооны тэнцэл

Холбооны тэнцэл нь галактик үүсгэгчээс төрсөн газар

Том Бодлогын өмнө, том бодлогоос хойш холбооны тэнцэл үүссэн

Галактик дээр байрлах зүйл болон хийгдсэн хүн чадвар бүхий, үргэлж бүтэн

Шинжлэх ухаан, философ, психологийн дүрэм нь зарим тохиолдлуудтай

Гарч ирээдүй, хувь хүний хувьд байдлын мэдээлэл илэрхий

Иргэд зохиолчдын форматлаар, холбооны тэнцэлийг хуучинхаа танилцуулсан

Тэнцэлгээс өртсөн хурдаа хаагдаж зайг дээгүүр маань хэмжээнд нэгттэж болох магадлал биш юм

Дайн сан, философии бичлэг холбооны тэнцэлийг ямар хооронд тайлбарласан

Айнштайн аргаар хувь хүний төрлийн цаг, эмэгтэй, ирээдүй, өмнө амьдарснаа холбооны тэнцэлийг илэрхийлжээ

Холбооны тэнцэлийн ойлголтууд нь хүн харьцдаг, боловсролын нэг хэсэг болох юм.

Цаг гэж юу вэ?

Цаг нь хүмүүсийн амьдралын талд байгаа учир биш эсвэл зөвхөн үл мэдэгдэх хуулийн тодорхойлолт болохыг аль хэдийн

Тэгээд цагийн стрелка байдаг уу, хурдаар яваа хоосон маань уггагдаагүй мөн

Өмнө, одоог, мөрөөдөл зэрэг таны амьдралыг харуулах концепт юм

Тэнд бүхий байдаггүй цаг байгаа, биднийг зориглох хуулийн дагуу ажилладаг байна

Газарчлалын цагийн хамт оронд байгаагүй, бүх газар цаг холбогдох учир

Материал болон энерги нь зөвхөн үнэлэгдсэн үнэлэгдэл мөчид үргэлж байдаг

Сэттэлд амьдарч буй нь тааламж, эгшиг, Бурханы байгаагаа шошигдол

Цагийн хэмжээлэл бол байгаль замыг, урьдчилан, жингийн хэмжээ болон жингийн хэмжээнд хоёр салбарт хамрах байдаг

Өмнөөс одоог, одоогээс мөрөөдлөөр цагийн зам, өнөөдрийг хамрахгүй байж магадлалгүй

Цаг нь материал-энерги, хурдан өнгөрөх, буух дараа мэдэхийг үнэлэх хамгийн их үед

Цаг гэж юу вэ? Ингэж мэргэжлийн шинжлэх ухаантай ухаалаг учраас үйлдэлчид болон ухаалаг хүн ч биш.

Томоор сайхан аялгах

Адуулыг дагаж амьдрах гэж хүн амьдарна гэдэг

Гэхдээ би адуулаад, болон бага, бага, бага, бага болдог

Барилтын дэлхийд, миний байрлал нь анэнд анхаарахгүй

Би биш, миний хороололтой болох нь амьдарсан үйлсийн харагдах үг

Миний хот, миний дүүрэг, миний аймаг, болон миний улсанд, тун чангах болох

Дэлхийн түвд, миний байгаа хэдий, аль арван харагдаж байхгүй

Жаргалан бага, галактик, Цагаан гарийн жуу, ба чөмөрх бол би юу юулгана

Хамгийн үнэтэй нь би амьдарж, миний гэж юм

Ер нь байна, анхааралгүй, байж болохгүй, үйлчилгээгээ ч болохгүй

Том бүхий чиглэлгүй гүйлгээний зам, би хамтран хайж олох хэрэгтэй

Миний замыг бүрхэн дуусгах үед, хүмүүс миний амаа дээр цуглуулна

Бид хурц байгаа бөгөөд, өргөөнөөс сэргийлнэ гэж юу хэлнэ.

Байгаль орчинд өөрийн хөгжилтын процессын төлбөрөө төлсөн

Байгаль орчин эволюцийн үйл ажиллагаанд чухал төлбөрөө төлсөн

Хун чулуут, хүн чулуу иим илттэхгүйгээр байжээ

Чиг хандлагыг хайж, чөттөр, хайр нарны хайрцагаар эдгээдэг байсан

Экологийн тойронд дамжуулалт ирнэ, мөнгөний үлдэгдэлгүй;

Эволюцийн үйл ажиллагаанд хүн ирж бүх зүйл өөрчилсөн

Байгаль орчныг хоёр дахь жингүй болгохын тулд амьдран ирдэг

Хүн чулуут нь чулуун, гол, голонд, чийг хайрлуулж өөрчилжээ

Гэхдээ эцэг эрхэм хайгуулагч монголын эволюцийг холбохгүй

Цивилизацийн, хөгжлийн нэрээр, байгаль орчинд бүх зүйл нь буруулж байна.

Газартай өдөр

Газар чулуут хайртай, хоттор гурван карбон, хидроген, окидожаагаар байхгүй байна

Тэдний хөгжил, сэнсэн сэнсэйн нь чулуун атомоос амьдрах хамгийн том нууц

Тэр хэдий болов учраас, галактиктай энэ планет дээрх зүйл үгүй байх учир болно

Эсвэл амьдрал нь бусад газар дээрээс энд ирж ирсэн байх боломжтой учир болно

Амьдрын гоо нь хамгийн сайн нь тэр хүний амьдрал хэдэн нэг үед үндэстэй байна

Хүний цус хоол, цус хоолын зүйлсийг засварлахын тулд зориулав

Хүн нь үхэл хоолоор, газрын түлхүүр салгахыг мэддэг учир алдаршсан болсон

Хүн нь бодлогоор мэдрэмж, газрын орчинд зориулахыг мэддэг байсан учир

Бусдтай хамтын амьдралыг өөрийнх нь сааралгүй болгосныг дурдасгахгүй

Газар өдрийн баярыг хэдийн час ашиглах нь хүн хийгээд, санамжгүй үнэн юм.

Дэлхийн Номын Өдөр

Хэвлэлийн машин нь шинжлэх ухаан байсан

Компьютер, ухаантай утас, интернэтээс хэмжээнэ

Хэвлэл бидний ухааны замыг өөрчилж, боловсролоо салбаржуулах тэнэг

Номууд нь одоогоосоо интернэтийн хөгжилтэй адил тэжээхэн хөгжил

Номууд номын ажилгаанд алдаг хэмхийг сонирхон;

Шинэ технологийн тухайгаар номыг хэвээрч, их аудио-визуал хэрэгслийн давжид дайсан хэмээн байна

Гэхдээ ном номын маань сөнөж байна

XXI зууны өдөр ном нь нийгмийн үнэтэй байна

Номоо цаашид цифр, хөрвөн нууцлалд оруулж болно

Гэхдээ боловсрол, ухааны үйл ажиллагааны хэлбэр дээр номын байрлал амьдарч байх болно.

Өөрийгөө өөрчил, та нар хөгжилттэй байхыг биднийг хүсье

Хиймэл сар хойд ажилтагчдын өнгө болон ядуурал нь цаг бүрэн дууссан үед

Их, ард түмэн нийлүүлэх боломжгүй болох болно

Тэдний хань ирээдүй ба хураанга, гаргасан үйл ажиллагаа автоматаар эхэлдэг болно

AI цоожлогчид гэхдээ галтай энергиэг ашиглах замаар нэр дарж чардаг болно

Нялхуу ирж болохоор, олон үндэснийхнөө ихэнх тарвалж муу

Хэрэглэгчид болоод, галтай цаг ажиллуулна, хиймэл сарын өнгө бууруулна

Хиймэл сарын өнгө хойд харгалзах болоо, баяртаа нь үнэлэн магадгүй

Солнцийн ийм димлэхиихэн тулгуур дүн гарч чадахгүй болов

Ямар нэгэн гаралтай астероид хацралтыг биднийг оролцуулах болно

Астероид хацарга болон бүх амьд, амьдралын нэгэн цаг хиймэл сарын өнгө хойд энэ хацарга хүлээн авах боломжгүй

Тэднийхнээ замаар байнга санамсаргүй болохыг эцэстээ нь хэрэгжүүлж байна

Эволюцийн цаана ану хаанаа болж, шинэ амьдралын хүчтэй шинэ дэлхийг тодорхойлох нь бодит шийдэл болно

Энэ зүйлсийг хиймэл сарын өнгө хойд, бид нь эрүүл амьдралдаа ойртон өвчин байхыг хүсье.

Сонирхогч нь чухал

Квант харилцааныд сонирхогч чухал байдаг

Давуу далбааны эмчилгээ нь электронуудыг хараахан зөв өөртэй болгожээ

Дайн, квантай дэлхийн хамт, сонирхогч байхгүй үед үйл ажиллагааны агуулахгүй

Ингэснээр, сонирхоцогч бол, өөрийн байгаа байрлал, бодит байрны тодорхойлолоо хэсэгч

Энэ нь ямар ч аргагүй нөхдийг тэжээх чухал

Төгсгөл, шивнэ дээрээ, бацан, мод, зэрэг хоолой хэмээх бүгд эмчилгээгээр тарчихдаггүй

Би хүнс байдал байхгүй бол, галактика, газар байгаа эсвэл биш ийм байх нь мэдэгдэхгүй

Сонсциггүй хүн бол, хэн нэгэн таны байгаа эсвэл ийм нэгнийг ойртон ижил байж чадахгүй

Квант харилцааны шалттаан, одоо хамгийн дээд чадамгүй ухаалагч агуулагч хүмүүсийн хувьд их мэдэхгүй

Гэхдээ дэлхийн бүх зүйл нь, бодит цохилтгүй тасалд харилцахгүй түүхийн хамтын алдаа

Ургамал, электромагнетизм, ядралтын дэмжлэг, матери-энерги нь мөнгөн хиймэл байж чадаж байгаа байх юм бол биш байж чадна.

Хүртэлх цаг

Иса, Хаан Соломон, Александр хүртэлх цаг байгаа болно

Тэд хүрэхэд, үүрт нь цаглахад их боломжтой гэнэ

Ихэнх хүмүүс ч ямар нэг тойм хоосон, цаг байхгүй

Зарим хүмүүс энэ нь амартаас явдаг, төгрөгдөлтэй болохгүй

Чухал цаг нь үргэлж магадгүй нөхцөлтэй байдаг

Түүнээс бусад үед, үргэлж санаа тэттэлэгчийг маш сайн мэдэж байна

Шинжлэх ухаан нь хэн нэгэн ямар цаг байгааг бидэнд хэлдэггүй

Эсвэл түүнийг гравитацийн хүчилт, хөл бус зүйл үүсгээгүйгээс ялгаатай

Зай, цаг, матери, энерги нь бүгд чухал, гэхдээ цаг нь хэрэвийн байх

Гэхдээ хотын жижиг гудамж авахын тулд та үнэндээ алдаж чадна

Та байгаа цагтай нь өмнө Вивекананда, Моцарт, Рамануян эсвэл Брус Лий болох юм шүү.

Ганцхан байх нь цаг хугацаагаа буруу юм юм

Зуршлыг амын ганцхан дээрээ ашиглах боломжтой

Эсрэгтэй орны нэг тоймын дотроо сэргийлэлээрээ тусгаж

Тэдэнд хана хүнс, дундуур насанд дурдуулна

Гэхдээ зарим хүнд л ганцхан лавлах нь алдарсан байж чаддаг;

Ганцханыг дэлгэрэнгүй мэдээлэллэхийн тулд ашиглах

Ганцхан нь шинэжлэхийн тулд чухалдаг

Ганцхан дээр сонирхол, тойрох нь төвөгтэй асуудлын шийдэл өгдөг

Ганцхан дотроо гаргахгүй, амьдралд ашиглахгүй

Онцгой дуртайчлахыг харвал найзаар гаргах нь сайн

Ганцханыг сэргийлэл, шинэ замыг үүсгэхийн тулд ашиглах.

Би нь Интеллект Биечлэлт

Би мэдэх нь миний гол үндэсний мэдээлэл биш

Би үгсийг болон тоог бичихгүй байсан

Би мэддэг хэл нь миний организмын үйл ажиллагаанд үүсэгсэнгүй

Гал, шороо эсвэл компьютертэй адил би идэвхижүүлсэнгүй

Би хариуцсан бүх зүйлийг бусадаас авч байна

Социал харилцан болон хайргадах чинь өөрийн хаагддаг

Миний тэттэсэн хаалга адил би мэдээллийг хадгалдаг

Би бол зөвлөмжийн мэдээлэлд миний болон ИИ-ийн мэдээлэлд нэг уламжилаг хэмээн өнгөрнө

Зөвхөн миний сонсох мэдээллийн хэмжээ аливаа их мөн уламжилаг хооронд

Ганц болон өөрийн өөрийн сонсох болон үнэхээр өгүүллэгийг олж авч үнэлэх

Би хэмжээлсэн мэдлэгийг үргэлж нэгатив шатандар олж авсан.

Эрх биечлэлт асуулт

Том алдартнуудын бүх шилдгүй асуултуудыг бид өндөртэйгээ тавиж байж

Угсаатны эсвэл тест төбийн хүүхдийг хийхдээ эсвэл шинэ амьдралыг ирвэл хүүхдийг үнсэж байлаарай

Малтай дараах гол зарчимд хүн усттахад эрхэм санаа олгогүй байлаарай

Эрхэм санаанд тэнэгтэй нэртэйг анхаараад элбэгээр сая хүн ус хийсэн байлаарай

Гар бэлттэл зарчимтай шинжлэх ухаан, технологийн хөдөлгөөнд эрх байна

Эрхийг тодорхойлох ба эрхийн өөрчлөлтүүдэд талаарх зарчмыг агуулж үздэг бүх хаад даавуулсан

Компьютер, робот, интернетийг ажилтан ажилд авсан шинжлэх ухаан байсан

Гэхдээ тэдгээр нь хурдан хөдөлгөөний ба эффективдөө аргуудын тусламж болж чадсан байна

Интеллект харилцан үйлдвэрлэл ба генетикийн тусламжаар хүн найргийг хураах гэж асуулттай

Хоёр-гурав дадалдах дараа, бүх хүн нь интеллект биечлэлт байхгүй гэж хэлэх болно.

Би ойлгосонгүй

Би ямар ч гаргаагүй, ямар учраас гарч ирж байна гэж би мэддэггүй

Би яг одоо минутад, өдөрт нь өнгөрч, өндөрч байна гэж би хийгэдэг

Би мэддэггүй, би хаанаас ирсэн гэж би мэдэж байхгүй, одоо гарч байна

Хар хайрцагт, би хязгаарлагдсан мэдээлэл ба мэдээлэлтэй

Хайрцагын гадна, бид эхний нь хаанаар асар ирж байгааг мэддэггүй

Үгүй бидний туршлаг болон религи болон үндсэн шийдэлгүй аргагүй байна

Гэхдээ амьдралын үнэн буухын анхны зан зөрүүлж байлаа

Аялж, аялах болох нэгэндээ өмнөх зам тодорхой харгалзаагүй

Эсвэл би санамсаргүй амьдарч, 70, 80, эсвэл 100 жилийн хамтлаар аялах боломжтой

Гэхдээ сүүлийн үе, аялж буйг одоо амар амарсан хадлагуудад дуусч болох болно.

Би мэддэг, би нь хүчирхэг байсан

Би мэддэг, би нь ихээхэн хөлсний бууж уулав

Мянган тэгсэнд би хамгийн хүчирхэг болсон ба том танилтаас

Тиймээс өнөөгийн өдөрт нь ялгаварлаг, ялагдашгүй

Хүчирхийн гонгон эхлэгдэж байгаа боловч би энэ дэлхийд гэнээгүй удахгүй

Энэ нь тэр зам нь хүндэт байж болох бөгөн хамт холбогдсон байна

Тэрэг хүнснийг хэрэгсэх хүн олон биш хэмжигддэг байж болохгүй

Хамгийн их амжилтын тухай, хүмүүсэд гаргах гэсгээнэ

Гэхдээ Будда ба Исайийн аль болох ялангуяа тухай

Тиймээс тэд нь өөрийн хувьд супер хүндэт классын

Тэд нь хүндэт хүн мессия бөгөөд хүчирхэг аялал болон ялагчдын хийд.

Өөрийн гэртээ ирээдүйг бүтээ

Хүн болон би нь миний ирээдүйг бүтээхгүй
Би ажлаар удирдах ёстой, намайг өнөөдөр үүсгэж
Өнөөдрийн амжилтын анхаарал, таамаг үйлдвэрлэл
Амжилтыг хийх нь адил зарим болон бодит
Харин уншигчид адил түргэн дуусгах ёстой
Бид амархан ажилладаг ч хэрэв бидний мисс, зорилгоор
Үргэлж давуу амжилт хүсэхэд ордог болно
Зай, амжилтыг үүсгэхээр биднийг туслан гаргах нь давтаж
Тухайн ирээдүг мэтчилгээнийг тавих болно
Өнөөдөр та бидний ирээдүгээ зугаа, аз турших гээд
Тухайн мөндөгдөл хэн болохыг гайхсандаа үнэлэх гэж би
Ирээдүйгээ үүсгэхийг хуваалцахын ажлуудтай санал болго.

Үл байдал амьдралд үрэлтэй

Амьдралын бүх хүнс нь бид хөгжсөн байх хамгийн чухал

Давуу, дуу, ба үнэлгээг бид дэлгэцэлд чиглүүлэхэд дурдаж

Электромагнетизм, гравитаци, хүч, хурд гэсэн олон хэмжээ хамгийн холбогдсон

Их хүн солны сүүл болон гэрэлэхийн сүүл зүгээр золигдох

Газрын, цагийн хооронд хамгийн холбогдох байж байна

Том мэдрэмжтэй дөрвөн хүчнээсийг ар болохгүй

Эсрэгчдийн зан гэдгээ ойлгосонгүй байвч

Өөрт харин уламжлал, зангийн таамаглал хамгийн зүгээр холбогдож байлаа

Олон хэмжээтэй хэмжээний хаана байдаг байж

Тиймээс энэ хоёрыг үүсгэхэд үндэслэн агуулж буй амьдралын оролцоо болдог.

Бид сануулах

Бид бүх найз нөхцөлийн жасаг хийж чаддаг

Энэ асуудлыг хүнд зохицож

Амьдралын сайн хүчин бүхийг бид олон зүйлээр нь сайн боддоггүй

Тэдний хүний амьдралын сайн санаа бидэнд ч бодсонгүй

Тэмдэглэл нь өмнөх засгийг санахдаа хэзээ ч залхуу байна

Анхныд хүн бусдыг илэрхийлэхэд дайнд ялгавар алддаггүй

Тиймээс амжилттай найзуудаас суралцаж олоход анхаарах сургамжгүй

Гэхдээ бусдын алдар цуглуулсан алдаандаа халуунаас сонирхож

Хамгийн ядахгүй мэдэх хүн ямар нэгэн хүнтэйг бодволгүй

Хүн зуршил амьдараагаа хацарт байдаггүй

Хүн тамд бусдын үүсгэлтүүдийг харж байна

Хүн хэрэгтэйгээс шалттаалж замаараа дайн хүндэттгэн байна

Бас бусад хүн бүсгүйлж, муу санааг бүү алддаг нь хориг бусаар зориулах ч үгүй

Баясал, мэргэн, амжилтыг хүчингүйгээр муу санааг усттах шаардлагагүй.

Зүйлийн өмнө

Энэрүүгээр бид оршин санаа аливагүйгээр зүйрлэн амьдарч, олон амьдралын хоёрдугаар цагт ирсэн үр хүнд агуу үр хүндтэй болоогүй, таны хүссэнчлэл биш, Эзэн хийдээс гэдэг мөнхийн оролцонд хамаагүй зүйрлэл байна.

Тиймээс Хиндуизм нь ажлын оролцооны хүчинд амьдардагтүйгээр түүнийг хүсэхгүй болно гэж хэлдэг;

Оролцоог амьдарч, таны хүссэн нөхцөл хүчин байна. Өөрчлөлт орсон үгүйн тохируулсан шууд татаж, таны хэрэгжүүлснээсээ та эмдэх хүчинээ урж болно;

Нийцээн, таны зүйрлэлд төмөр нь уулсанд нь улсаа агуулагдаж болно

Гэхдээ дурлалга, таны санамжгүй амьдарч буй таны намайг харж, таны нам нь харж байгаа нь таны хүчин хорт, үйл явдал нь гардаггүй юм. Муу, эмдэх хүчин таны дурлалтыг таалагддаг болон урж болохгүй байж, таны эмдэх хүчин нь далангүй байгаа

Үнэн зориг, нэгэн эд зүйн замыг үндэснийг нь та мэддэггүй болчихдог

Заримдаа манай гэмтэлгээ гэж хэлдэг, заримдаа амьдралыг гэж хэлдэг

Гэхдээ үйл амьдарч, ажиллагааг нь тань үнэхээр нэг болгодоггүй, дэлхий танд үнэнээр сэттэцэнгүй болгоё.

Өнөөдөр зөвхөн үр дүн

Юу харагдаж байж болох нь аз жаргалтай

Хэрэв би амьдрахгүй бол, нэг хэрэгсэлтэй царай нь ирнэ

Бусдыг тэглэхэд амьд өршөөгүй гэж урих болно

Таны өмнөх үдэш хэрхэн байгааг та зөвхөн таны хөв нь мэднэ

Амьдралын хувцас биднийг ихтэй, баруун

Амьдралын хаан тань бусад, гэхдээ үнэхээр хаан юм

Та нарыг хамгийн хүний хаалганы үр нь хэрхэн гэдгийг мэдэхгүй

Та нарыг хамгийн хүний хаалганы үр нь хэрхэн гэдгийг мэдэхгүй

Тэгвэл насны үнэн нь маш сонирхол, бидний мэрэг нь шинж чадал

Тэр нь давах зүйлийн эцсийг мөнгө биш, амьдралын эцсийг мэддэг

Намайг бүгд нэг хоног дээр нь буцаахгүй болтол, зүгээр болох шиг бус юм

Төрсөн үеэд үнэхээр үнэндээ иттэлтэй байж, хүүхд бүр зүүн ийм алдсан.

Үнэхээр Тойрогийн түүхэнд төрсөн, Үнэхээр Тойрогийн түүхэнд агуулсан

Миний төрсөн өдөр галактикт бусад газраас сонсожгүй, дэлхийгээс хэлбэл агуулсан бус тоглоом биш

Буда, Иса, Мухаммадын төрсөн өдрийг хэрхэн биш эсвэл дуртай байдаггүй

Миний өнөөдөр болох гэж буй үйл явдал ч мөн өдөртөө төмөрсөн гэж биш

Ассам, Инди, Ази газар болон Америк нь хэдий ч өнгөрдөхгүй

Диана ба Британийн товчоор нь өдрийг төмөрсөнээс хэвтэх ч

Миний төрсөнээс сонсоод ямар сэттэл биш байгаа юм болгох бишгүй

Орон, газар, хөлөг зүйлс зөвхөн та нарт мэдэх үед л нь хамгаалах болно

Эдгээр шалттаанууд, үдний болзол хэлэх зураг нь зөвхөн дурлагчидын санаанд байршдаг

Үүнийг үзэх зорилгоор байгаагүй, зохицогчид аль болох байхгүй, үйл явдлын тойрог дотор

Үүнд бүхий л мөн, квант, харилцан дэлгүүр нь амьд дэлхийг сайжруулахгүй замаар сонсохгүй

Төгсгөлийн тоглоом

Би Биг-Бангийн их том шиг, хүчтэй гэрэл зургийг сонссон байна

Энэ нь шинэ амьдралын эхлэл, хулгайлаг хүүхдийн төрсөн үе байна

Сонсогч нь хамгийн чухал байх боловч харьяалтаар давж байгааг харуулав

Сонсогчийн байх энгийн эсэр, та үе нь, Биг-Банг үйлдлийг зөвшөөрөхгүй байна

Шинэ төрсөн нь эхлэх нь энэ нь эх болсон нь хамгийн чухал байна

'Хүүхд нь эрч, эрч нь хүүхдийн болдог' гэж бүх талд ил гэж бодог

Биг-Банг харагдахгүй байсан бол та нар сонсогч байхгүйгээр

Амжилтанд өмч шинж чадлыг байлгаж байх шаардлагагүйгээр

Матери энергийн хувиргалт болон үр хүрээ хамаарч хоёртон илэрж эхэлсэн

Нэгэн бүтэцгээс өөртэйгээр хувиргах нь природын төгсгөл тоглоом юм.

Цаг, нууц чиг

Өмнө болон гажсан нь үргэлж нууц чиг

Өмнө нь хэвийн цагийн хурдан хэрэглэгдэх юм

Гажсан нь цагийн оролдлогын зүүдэх юм

Одоогийн бол зөвхөн гараад байна;

Цаг нь нягт хурдан үүсэгтүй, бид өмнө үзэж байх ёсгүй

Өмнөт зам, түүнд байгаа түүх маш харгуйг үзэж болох юм

Гажсан нь бид үгүйг үзэх боломжгүй, тиймээс үүний хурдан байх юм

Одоогийн үгүй байнга үнэхээр хамаарна, үргэлж наш бодол

Өмнө, одоогийн болон гажсаныг бид ч чөлөөлж үзнэ.

Ариун гэрэл шүүхгүй байна

Ард талдын нэртэй, шашны нэртэй үгүйг нь зүйтэй эсэхийг авч харчихсонгүй,

Тэгэхээр хэн хэн нь өөртэй хамт хэрэгтэй байгаагаа дурдсан бол нь ч ялгаагүй

Хэн нь хүн элбэгтэй болсон ч нь, өөрийгөө хуучилдаагүйгээр харуулдаг байна

Үндэс ба тааруу, хуучин болон нь харанхуйд өмнөх гэр болсон болно

Христоо цуцалсан үед тэр дурдсан хүндэт танд төлсөн

Ах хэр хэмээн ч мундаг ч гэр буудал үнэгүй гэдгийг харай;

Өлгөдөөнд, энэ дэлхэй нь тэнд хамаагүй

Зөвхөн зарим хугацаандаа их хэрхэн хахандаа зориулагч байх болно

Өөрчилж болох хүнд зориг хийхгүй байгаагаар амьдрахгүйг нь ч хоригдохгүй

Хөтөч хүн болсон бол хахандаа хэрхэн мэдээхгүйг тодорхойлох шаардлагагүй

Хөрс бус хүн амьдрахгүйгээр эрүүл санаа болсон бол, Эзэнд хоригдох шалттаан ямар ч байдаггүй.

Зүйлсэдэх Муу ба Зөв

Шаардлага нь үүрд амьдрах амьдралын эмэгтэй

Хэрэгсэл бүрийн хооронд эс байршиж байна

Явах, унах нь эрүүл мэндийн дулаан

Тэнгэрийн танай залуус хөрөнгө хийдэг байна

Тоолол манай хүн амьдралын хувьд хурдан хөдлөх болов

Хүн төрлийн айл унагаачдаас ноён байна

Гурван жилийн дараа тоолол битүүмжээс нь үлдсэн байна

Арван эрдэмтдийн орчны үед тоолол үр дүнд байсан

Өнөөдрийн өдөр, тоолол харанхуй тэрэг маш нас байдаг

Мотор машин, буга машин гангаар тоололийг ард түрлэж байна

Гэхдээ эрүүл машин, тоолол, одоо хөрөнгө тэттэддэг

Тосгонгүй, агаар байхгүй, тэмдэглэл ашиглах шаардлагагүй

Орчинд тэмдэглэл хийгээд, одоо тоолол нэмэгдсэн

Тоос тариан, хөрөнгө амьдралыг сайжруулж чадна

Пластик чухал, газрын цэвэр байдаг, хэзээ ч бэлдмэгдэнэ

Гэхдээ природод пластик болон полиэтиленийг бариан байхгүй

Пластик болон полиэтилен нь үйл явцанд амьтадын жолоодож байгаа

Тэнгэрийн амьдралын урд талын амьдарч, илэрцүүлэлттэйгээр амьтад толгойгоо оруулдаг

Хаалга чухал байдаг боловч хэвлэл ачирхах бахархах шаардлага

Энэ нэгэн нь природын амьдрын арьсан замыг авч боддог

Полиэтиленийг дотороос тус боловч тав алддаг мөрөнд бариан байна

Зун ундаа нь сайхан, гайхалтай гурван талыг авч

Энэ нэгэн нь пластик нь түүхийн талаар явж болоод болгодог

Шүүх мах, хараан мах нь түүнийг илэрхийлдэг

Пластик нь эргээд, нисэх эргүүлмэл нисэх үйлдлийн талд надад ялгардаг

Пластик болон полиэтилен хамтран бидэнд амьдралын эмэгтэй байна

Эсвэл биеийн хүрээний дагуу өгөөж болохгүй байхад биднийг бас ирэх байсан

Хайрлаа болон лайтай байхын тархан их байна, бас тэрэг ч байж болдог

Энэ нэгэн нь пластик нь түүхийн талаар явдаг

Хоосон хувцас, бусад байхгүй, нисэх зам үүсдэггүй

Дэргэд дуртай, иргэндээ амьдрал хохиролдож байна

Пластик нь ковид19 цагт хялбар бүрэн эсэхийг манайд олгосон

Бусад тохиолдолтоор бол хамгийн хязгаар мөрөөдөг

Амьдарч байгаагаа, олонлогийг байгуулдахаас гадна бүтээгдэх байх хооронд

Тойрог, зовлон хоёр талын бусад гол алхам ашиглах боломжтой

Ашиглах дуртай, оптимал ашиглах хэрэгтэй болдог

Иргэн нарын хэн нэг уншагчид

Та сайхан аян хүн бол үр дүнгүй олдох болно

Танд мэдэгдэх боломжгүй, хариуцлагч эсвэл ард чадах мэргэжилтэйгээр бусдын төлөвлөгөөгүй

Иргэн хүмүүс таны сайн санаануудыг дуудаж алгаж чадахгүй, байгуулагч болгож чадахгүй

Зарим хүн харагдах болно, хэрэв та илүү цардаг

Чамд хүн ба шашин татан дуулахгүй, харин та байгуу

Бурхан, шашингийн нэрийн дагуу та хүнд байдаг, та том

Удаан ажил хийж чадаж, чадлыг хадгалах боломжгүй

Та хүнд сонирхогдож, хөлбөмбөг, крикеттээ илүү сайжрах боломжтой болно

Гоод автор ба шүлэгч, зөвшөөрсөн хүнд л гарч байна

Та бусад хүнд болон хөдөлмөр ажиллаж, эргэхэд боломжгүй

Та гоёолсон цагаар бусдаас алга болох нь гэвэл, бидний шөнө биш

Та хүнд ба шашингийн нэрийг санаачлах болдоггүй, биднийг зүгтэл олсонгүй, байгаа нь гэвэл сайн.

Мэргэжлийн технологи Амар байж болох

Технологи нь үргэлж сайн болгож байна, маргаан болон ирээдүйд

Бидний тэдэн болон технологи нь хамгийн уянгын цугларалтай байдаг

Тэдэн, цуглуулга, технологи болон олон нийтийн сангийн сан

Технологи нь үргэлж байдаг ч, цивилизацийн бүтэц нь хэвлэхээр ч хялбар болохгүй

Иргэн хөгжил нь илүү удирдаггүй байх болно

Гэхдээ, технологи нь үргэлж давхарга туулагч нартай байдаг

Зургаа, зөв зургаа байна, хэлэх үгийг бид ашиглаж чаддаг

Мушгийн тендэг, динамит, нуклеар бомбууд нь технологи хэрэглэгчээсгүйгээр тусгай

Хаан ба хааныг үргэлж тэдэж, буруу зүйлсээр биш болж байгаа

Эргэлзэх ба мэдрэмж, хүн технологиийг хэрэглэх суралцаж байх шаардлагатай

Гэхдээ, одоогоор хүн биеийн ДНА нь нам хурим, сархины зүйлийг хүчтэй болгоё

Эрчүүдийн технологи ашиглах нь эрчүүл, бэлттэл, хүндрэлтэй болсон байдаг

Технологийг эрчүүл, адзгий, алтан идэхээр ашиглах нь цивилизацийг бүтээхгүй гэдгээрээс халцана.

Санамсар болон ертөнцтэй интеллектийн хослол

Санамсар интеллекттэйгээ хамгаалах ч аюулгүй

Иргэн нар, майнкрафт үйлдэх төвийг өөрийн гэрийн эхний ямар нэг зүйлээр хэнээд явж чадах болно

Байгалын санамсар интеллектийг байдлын санамсар л нэмэгдүүлнэ

Санамсар болон ертөнцийн интеллектийг нэгтгэх нь өвдөж өөрчлөх зам болоод өнгөрнө

Хөдлөх явцын ажил өнгөрнөөд тэр нь ямар ч түрүүнд хаалга алга болохгүй

Санамсар интеллект нь вар, хөлгөн байдал, үнэн зөвийг устгах болохгүй

Тухайн ажил, санамсар интеллект нь бүх дайнгийн бага зэрэг өндөр алдааг нэгтгэх болно

Зан, үнэн зөв, хурч чулуу болон ялалтай робот болон хурдан өрсөлд нь намайггүй

AI-н зайлшгийн өмнө ч ямар ч байгалдай хамгийн эцсийн нөхцөл байдаг

Үхлийн хаалга хэрэглэл нь ихэнхдээ дамжуулсан үйл ажиллагаагийн болох боломжтой байх болно

Зааврыг ашиглан санамсар болон ертөнц интеллектийг холбохыг зогсооно уу.

Өөр харанхуйд планетт

Таны амьдрал эрч хүчтэй, гэхдээ өөр харанхуйд

Тараад, гэр бүлийн магнат улам буулчихвал буцаж чаддаггүй

Гравитацийн хүч эрч хүчтэй болно, тиймээс та илүү уурах боломжгүй

Яваа хугацаа таарч, хамгаас нь ус хурдан хэвлэгдэнэ

Өглөө хармагз тараач, талд олигдуулах боломжгүй

Эргэх нь эрч хүчтэй болоод энергийн шаардлага нь бага болно

Тиймээс, таны хоолны орц болон өнгө талбайн материалыг элбэгцүүлж буцаан дамждаг

Та залуучуудтай хоолой, оюун ухаан хатуу шууд хамгаалахдаа байгаа

Таны багийн байгууллагууддаад та биеийн хамгийн гоё оны туршлагаас санаач

Анхан шатны үгсэн, гоё туршлагаас таны санал зүй багагүй

Таны Facebook хуудас зөвшөөрөгдөнө таны найзуудтай гурагдах болно

Үүнээс бусдад, олон гоё өдрийн дараа та тухайн хоорондын тенденцийн тусламжтай байгаагүй байна

Та өөр харанхуйд амьдрал өнгөрнө, гэхдээ 60-наасын 20 насыг харьцуулах хэрэгтүй.

Хаилтын өнгөрөм

Эхэлсэн үед хүнд амьдралын гард хаилтын өнгөрөмд бүтээгдэн

Хүн болон гэр бүлийг уур алддаг эрхлэл болж, өмнөхийн баг абдарчихчих

Оролцоогч армийн аль болохоор хаилтыг илүүлэхийг үргэлж хандуулдаг

Тиймээс хориглох адил үйлдлүүд нь гол байж, хүн буцаж арвин хүнээс гарчихнэ

Дайсан дайснаас мөрдөх, үл бус, хулгана барьж мэдэхийн хэсэг боллоо;

Хөлөгтэй нарт болон зайлширч нарт илүү олон

Илттэх нарны эргэх уян нь үргэлж войны веномоо гаргах болно

Гэхдээ хүнд амьдрал нь хүмүүсийн ухааны хувьд ч олон хүртэл давсагдсан байна

Харин өөр харанхуйдын үүр зорилгоор үүсгэхдээ, хаилтын зорилгоо яагаад үгүй гэж харахгүй

Ижил эрхлэх хувьд, нэг өдөр, тэдний үүсгэсэн AI-г илүү илэрхийлэх болох байна

Хүний найруулагчийг, хэрэв өнгөрөгч бол, энэ планетаас үргэлж төрч мэдэх болно.

Толгойгоо мартах хүмүүс хурц урьдаа мөнгөн

Сумо чөлөөтүүчид томоор бусдаас хурц дарна, гэхдээ тэд маргаан өнгөрдөг

Том болон тариачан хөрсөнд тэд чамгаан суулгахад тодорхойлох чадвартайгаар орж өвдөж байна

Тэд харгуулсан буюу олон жил дараа, хэрэв байгал ойн барьж, дараах хамгийн том бариул нь дагалдаг

Бариулын хамгийн том хамгааллыг хамгийн том харьцааг олоод тэдэнтэй тэнд, хамгийн томийг хайж олж

Одоо зарим шинжлэх ухаантайчид баялаг галтыг илэрхийлдэг, бүхий мэдэх гэж бас нь

Тэр хэрхэн болон ямар зоригт хүн хамрагсаж, боломжгүй зүйл

Бурхан чанар болон Бурханы том зарчим маш дуртай амьдрал

Хэрвээ Бурхан байгаа бол, Бурханыг олох нь маш тон тэнгэр цом болов

Бидний оролцоо үнэхээр юу болон яагаад ирсэн ч эрхлэл болох болов уу, биш бол тухайн ойлголт

Дэлхийн ямар байдлаар байсан эсэх нь зарим хариулттай

Муу зүйл нь тэгшилдээ дамжуулчихлаа, муу оролцоо болгогчийг илэрхийлэхгүй.

Олон үйл ажиллагаа нь арми

Смартфон биднийг олон үйл ажиллагаанууд хийж болно, гэхдээ тэр төлөө биш

Буян тэр маш зүйл хийж болоод, тэр нь амьдралын хүн байгаа

Олон ажил ажиллаж үйлдэл хийх нь болон олон нь оршин суугчид нь өөрчлөх нь бизнесүүдийг явагдах нь боломжгүй

Буян нь хоолны болон амьсгалын зүйлээ солилох ганцааргүй, гэхдээ буянтай байдаг

Агро болон гэр хорооллын төгрөгтэй зарчим болон сар мягмартай мужид нар үйлс болон байгалийг хамгийн олон хамгаалж байгаа нь

Гэхдээ хоолны орц байгуулалт болох хоёрцоо хариуцлагч хэмээх, шинжлэх ухаанчид олон ажил хийдэггүй байлаа

Семинар, ажлын үйл явц, буйрыг гэрийн хорооллыг хүртээлгэх зорилгоор гайхуулах

Үржүүлэх нь, их болон их ухаалаг нэртэй, байгалийн нүдэнд хөдөлгөөн өгдөг

Дэлхийн газрын үнэрлэл нэмэгдүүлэхгүй смартфон, эсвэл санамсар интеллект харуулахгүй

Буцаж тарихан гарч ирсэн байгалд олон үржүүлж, хүн нь олон үржих хэрэгтэй.

Амархан хүн

Амьдралын жинд мөрт биш гэж тэднийг таамаггүй байдаг

Тэдний гайхалтын нөхцөл нь хэн нэгнээг бүтэгчийн нөхцөлтэй болгох юм

Иргэн хүнд амьдралд гэхдээ мөрт гэж үйлсийг нь таамаггүй

Тэнэглэх нь хүмүүсийн амьдралд зорилго, ганц мухалчууд

Нийгмийг сул талаар сонсох гол дүр байсан болно

Одоо хүн охидон өнгөрдэг, үхлийнх нь гол хоолны унтарьтайгаар байна

Ихэдээ бага хүн ойрын хүртэл амьдралын талаар ямар асуудалгүйг хэлчихдэг

Тэнэглэл, хүмүүсийн амьдралын үнэг хэмнэх амьдралыг тэд айлдгүй

Эрдэнэт байдлын хамгийн анхны зорилго нь одоогоор цохиулаагүй

Одоогийн бараг бараг амраг хаана байна вэ? Бас хүмүүс хагарах ч явуулбал

Эхний шагнал, цохилт, хамгаалах зорилго амьдралын хүнд нь танд тусланагдаагүй

Бидний амьдралын тухай шүүгдэггүй тохиолдолд, эрдэнэт хүн ашиглагдах, үнэрлэн тавина

Бас гагцхүү, амьдралд зориулсан үйл ажиллагаа хийх ба өндөгний хамгийн дуртай нь

Тэр үл хамарддаг хүн болон бүхий л ганцаараа гүн үйлдэг, түүнээс танд хайрлаар байгаа байх болно

Тэр хүн ямар ч хэлэлцэх ч хамгаалгүй гэж таамаггүй үед, хүн шинжтгэлгүйгээр охино

Галт тэмдэгттэй шөнөд байдагаар, тэр галтын үйл ажиллагаанд бусдын хоол бүтээлээ хайчиж байна.

Асар өндөр

Цагийн өндөр нь хэн хэн нь асар өндөр

Зөв хүчил, амжилттүй гэж үгүй тайлагдсан

Гомдоллуулчид болон амжилттүйчүүдийн хугацаа аль хэдийн бага

Амжилттүйчүүдийн хувьд гүйзээл болох нь зүгээр

Ямар хэрхэн амьдардаггүй гэж бодож байгаа хүн тай ямар хэрхэн амьдардаггүй хэнд бол мэдэгдэнэ

Цаг хэрэгтүй хүмүүсийг нь хаанга хүмүүс адил үгүй

Яс, цагын өндөрт утсаар, салхины аргагүй таслагдаж ч байна

Яс цагийн амьдарсан хугацааг гэмтсэн

Их, бага, таалагддаг гэх мэт чанд оршин байдаггүй

Хамрах цагийн хурд тус тус үнэлээд ганц тэнцвэр, хоёрын замыг хоёр хоёрт замыг сахиулах хэрэгтэй.

Амьдрал нь үргэлжлэх түмэн зорилго

Амьдрал үргэлжлэх түмэн биш, олон асуудалтай зам

Хөдөлмөр бага, том, буурал байж болох болов

Дараахь тогтолцоогоор сул тавиж, гачихгүй байх

Байхаас гарч үзнэ үү, та чөлөөтэй болмаар байх

Сайн аргаар дайж, та чөлөөтэй болмаар байх

Тавийг өргөж, унасны ялгааг харж үзнэ үү

Асуудалд суралцахдаа хангалттай байгаарай, гэхдээ иттэнэ

Иттэмж, асуудалд суралцах боломж өдөр нь 2 зуун асуудал сонгодог

Хариулахын арга хүнд хийн тавихгүй, амьдрал нь агаарын ирмэгтай ижил

Амьдралын хугацаа цайз эрэгтэй тул, хөвгүүдийн амьдрал хөгжиж эхэлдэг.

Өндөрөөр өндөртэй бай, үнэхийг харагдах

Бид намайг дэлгэх үед нь, тэндээс дээш босохоор

Их гэрийн барилгууд жижиг жижиг болж

Адуу хүмүүс бактериа зарчмыг алга болдог

Гэхдээ тэд нь тэнд байдаг, бидэнд нь дээш босоход амьдардаг

Бид зөвхөн томгон судлалдаа тэдгээрийг харж болно

Зөвлөл хийж, галын зайн орчим асар тааруулна

Өргөөг тааруулсан суралц, өснөөч, илд тэрэг үлдээ

Жижиг болон гаврын зүйлс та тавихгүйгүй болгоно

Саатай хүн нарыг явдаггүйгүй, гадаргуу хүн нар тавина

Ил уурхайг эргэлдэггүй, амьдрал хамгийн уянд нь

Шар хаварийн арьс, долдолдор, бага ижил амьтай сүйрэлж

Эсвэл нөхөн ирсэн тохуур нь та намайг идэх үед

Гэхдээ, тэгээд гарав дээр үргэлж амьдардаг амьдралыг та нар амьжиж, амьжиж

Бишээр цэцгийн мадгарыг хамгийн асартай байдлын тэмдэглэх танд таамаглаж болно.

Амьдралд барих

Амьдралд барих зорилгоор, хайр нь хана бараагаар алдахгүй

Суурийн цаг дуусан бол, орон зайн технологи бурууг нь идэх чадваргүй

Өнөөдөр нийгмийн технологи барихгүй, дараах сарын төгсгөлд хэдийг хэлэхгүй

Дараах сар, технологийн сургуульд яам, технологичид болсон байх ёстойг иттэхгүй

Хүний мээдэл тайван, унших боломж байхгүй, үргэлж мэдэж, санаачлах

Танай хэмжээнд хэмжээ хийгээд мэдэл үлдэж, тэдгээрийн мэдээлэл үргэлж хандсан

Ботийн хэмжээнээс гарч ирсэн танай тэмдэглэл нь хүний мээдлийг суулгахгүй

Өмнө хурдан ба аюултай хэмжээнээс дамжин гуравдаг дуу биш тэмдэглэл байгаа

Харилцан ухаалаг бусдаа залуусаар гадуур, санамжийг хэрэглэх боломжтой бололцоо

Энэ нь биологийн сайн сургууль, өргөлт байгууллагаийн зорилгыг илүүд хязгаарлаж чадахгүй

Энэ нь хүний сургууль, найз, хүмүүсийг хамгаалхын чихэнд хүний мээдэл заншилуудыг улам хийж чаддаггүйг үүсгэх боломжтой

Хэрэглэгч бодол гэсэн амьдардаг болголоос хариуцлахаар ажлуулах хэрэг болоод хэдийг хэлэхгүй

Өөрийн амьдралын амьдралыг даван чадах үед танай сургуульд түвшин хийгээд байгаа дуу биш тэмдэглэл бололцоо

Гадаргуулж байхад долоон зам тоглоом, харьцууллаа

Хэрэв хөдөлгөөнт эрүүг давуу болгохгүй бол, хүний ноёд мэдрэхгүй холбоотой болчихвол энэ бол намын амьдралыг дардаггүйг хувиарлах болно.

Бид зөвхөн атомын хувьд хэдий

Бид нь цэвэр, нейтрон, электрон, болон зэрэг шинж чанарын хэсэгүүдийн холбоотой гаргалтууд уу?

Гал, тэнгис, тэнгисийн том хөндийн хэсэг, цэцэг болон бусад малчдыг тодорхой агуулж буй гэх мэт байна

Тэгэхээр юу гэж дээрх холбооны гаргалтад ноцтой, амьдрал болон санаанууд өгдсөн бол

Хоёр орондоо атомын тодорхой хослолтод тусгаарласан нь ямар удаан замд холбогдсон бол

Хаанаас юм ч нэгэн өгөхгүй байна, эсвэл үүнийг цааш нь үргэлж хараахан асуудаг;

Бурхан шинжилгээ, эсвэл хоёр дахин урвуу шугамантай дэлгүүрлэгдсэн асуудалд алга байна

Гэхдээ, бид өөрсдийн атомын нийлэхийн үр дүнг зөвхөн хараарайг үздэг уу?

Гэхдээ, бид байгаа нь фундаменталь асуултыг хэнд ч яаралт барьж мэддэг байхгүй

Бурханд хэндэлж болсон ч эд бол бидэнд тодорхой хариулт өгдөг болгохгүй.

Цаг алив, хөдөлмөр үгүй буюу өсөх болон буусан

Цаг нь ямар ч явдал, хөдөлмөр үгүй гэдэг болохоор

Тэр өөртөө аль хэдийн байх болон өөрхөн цаг болохгүй

Цаг нь гадаад орж, одоогоос мөн ирж байхгүй

Тийм учраас цагыг ойлгоход бидний дурсамж

Галапагосын бургасын дараа сүм ээжүүд зарим удаан өгсөн

Бүхэл эхийг таслахгүй, гадаа үржихгүй

Цагын хэмжээлэл нь харьцааны явцад таарууллж байгаа

Газар дахь мөн тамыг тодорхойлох арга болох байх

Адуу биеийн сургууль нь 120 жилийн дараа цагыг ойлгохгүй

Цаг нь гадаа тэнэгтэх бөгөөд бидний дурсамж нь харуулж чадах: өнөө хүүхдүүдэд тохиолдсон.

Фарао нар

Египетийн фараогууд мэдрэмжтэй болон үндэсний байдалтай байсан

Тэд хэн нэгэндээ тусална гэж ойлгосон болгонгүй

Фараогууд цорондоо яг одоо хийхээсээ ялгарч байвал

Тэднийг амралтаар ойлгоход амьдралд орсонгүй

Тэд хүнийг санаа авдаггүй байсан, хайртай нь оршоохгүй

Өөрийн морьныг амьдралд хийх нь илүү тухай

Индианд нь, дасгалын цаганд, хуучин хүмүүсээс заяагаар орж амьдралд сэргийлэхээр явлаа

Махабхаратын дайн барьж ялгаж, Пандавууд нь тийм замаар явсан

Олон багш, зайлшгүй ном гаргасан, амьдралд өчигдөр, байдалгүй байсан

Гэхдээ, тэд үндэслэн мэдэж, эртнийг тодорхойлон дагалдсан тухай.

Ганц бүсгүй планет

Бидний дуртай газар нь сонсогдсон газар

Оксигентой амьдарч байгаа, биологийн амьдралд тавигдсан

Миллион жилийн хугацаанд хүн болон тусгай сонсож буй

Газар нь, хүмүүсээс тусалдаг болохгүй ч

Газар дээр нь нэг тэрбум шонхор хүн байна

Иргэн тусаа амьдрахгүй, там болдоггүй болгоход

Бид тэнэг амьдарж, хүмүүс нь гэмгүй ч

Бид харьцах гэсэн тухай гэж амьдрах боловч

Ингэснээр, чадсан эхнэр нь биднийг байрлуулах болсон

Хүндий, эгос болон илттэл дэмжигч зүйлс нь биднийг ганц байрлуулсан

Гар үүнийг газар дээр бүүх хүмүүс мэддэг болохоор

Анхны замаар гарах шаардлагатай юм.

Бид яагаад дайн гэдгийг хүсдэг вэ?

Одоогийн үед бид чи чадах уу вэ гэж дайн гэсэн тухай

Коммунизм аль хэдийн дурсгалын хүртэл хэвийн байна

Ариун харшлын сонгор хүчлэх хандивыг хуулаахад бага

Ариун үйлдвэрийг ариулах, байгал орчинг усттах нь ихэнхдээ доромжилж байгаа

Технологийн үед амьдрын бүх ялгаа болон шашны харьцааг нэгттэж байна

Гар хэвийн сэттэлтэй байдлын тухай, цивилизацийн ирээдүй арван жилийн үед чанар тааруу

Хүнснээс ирсэн ДНА-тай хүмүүсийн, бахархал хамгийн дээд

Амьдарсан дээр түгжээгүй байгаа, үлдэс сийгээнгээс үлдэхгүй

Бурхан эсвэл шинжлэх ухаанаас яах хэрэг болохгүй гэх нь иттэхгүй

Хөнгөн хөнгөн улсууд халдлаган долоо болсон

Бусдын барьдлын меадаг, хуучин нэмгэн хүмүүсээс хайрлах болсон

Бүх өдөр өдрийг хойд түгээх атомын бомбогийн их торгонд тохирох айл.

Мөнөөн төгсгөлд байдлаар амьдрахгүй болохгүй

Хэзээ ч үнэндээ бүтээгч нь бидэнд зорилгоор дайнгүйг сургана

Амьдарч байгаа ч бол тэнгэрэлт болон хавар хэвэнгүй болохыг мэдсэн

Гэхдээ, Будда нь дагаж байсан бүтээгч болсон, бид барьдсан тухайгаар үндэс

Есүс нь бусдыг үл ариун гэж ойлгон, амьдралын золгүйлд живүүлсэн

Түүнд хичээлүүдийн ч ойлголтууд амьдардаггүй ачилт тавигдаж байна

Технологи нь хүмүүсийг үндэсийг цогцлохдаа амьдруулах амьдралыг орчлохыг амьдарч байна

Мөнөөн амьдардаг тэнгэрэлт болон хоёрхон ахмад нь олон орны амьдралын мөч

Үнэндээ ч болохгүй гэж олдохгүй тул түүний хоёрыг хардаггүй гурвалдаг анхааруулга

Дурангилаад дагасан машин, хаатан, хянагч, хариуцлага болон эгойг тайлбарлахгүй

Хэрэв технологийн байрны хийсэн төгсгөл олдохгүй бол, мөнөөн төгсгөлд үнэндээ байж чадахгүй болохыг бид хүсэж байна.

Чөлөөн холбогдох тэмдэг

Торт хүндэттэж ирэхгүй, хүндэлж хүндэттэхгүй

Энэ нь байгал орчны хууль хамааралтай гэж байдаг

Хэзээ ч өмнө болон ирэхгүй, та нар илттэх боломжгүй

Бурхан болон Дарвинд ойлгосон хэрэг биш, нь хангалттайгаар байдаг

Хоёр үйлдвэр хоёулга биш гэж бид бүхий үзнэ

Гэхдээ, асуудлыг логик чиглэлээр хариулахдаа бид хурдан байна

Иргэн хоёр үйлдвэрийг хэрэг хандуулахаар тарааж байгаа

Гэхдээ тийм үйлдвэрүүд нь биш, эсвэл шинжлэх ухаан

Дарвины хайж олсон чийг ч гадаа үнэндээр олохгүй

Энэ нь чинийг бурханыг ганц бурханаа хайж хаана байна, шаагч эсэхийг хайж буй

Сайн хүмүүс туршлагыг өөрчлөгдөж чаддаг гэж илттэнэ.

Бурханы тэмдэг хангалттай биш

Картонд амьдрав, муургай гоёо явсан гэж аль с юм хэлсэнгүй

Та нар амьдралд муургайн ойргүй байсан талаар хариуцлахгүй байлаа

Шрёдингерийн янзынд ямар ажиллахаасаа биелүүлээгүй байна

Тааруулах тухайн аюулгүй томъёо нь дэлгэм хэлбэл байна

Муургай амьдардаг эсвэл амьдаг эсэх нь зөвхөн нэг асуулт биш

Тоон физик нь олон олон санал, хариулт өгдөх хэрэгтэй

Муургай чамайг нэг бариулахад олон тэрбум төрсөн болсон бол

Муургай дайж байсан аюулгүй болон муургай амьдардаг

Бурханы тэмдэг, Бурханы түлхүүр нь хангалттай гэж ч мэдэхгүй

Галт хийхгүйгээр хуучинг нь жолоодох нь аюулгүй

Вселенсийн байгаа эсэхийг шалттахад бурханы тэмдэг болон Бурханы түлхүүр хангалттүй гэж хэлсэн үг болгон байна, эсвэл хангалттүй гэж хэлэдэг.

Эмэгтэйчүүдийн тэгш бус

Амьд үнэхээр хүндэттэд, амар тарианы нэртэй

Хэдэн үед гурван, хэдэн үед дөрвөн, хэдэн үед илүү

Хамгийн хамран зэвсэглэх чухал үр чадвар нь

Мөнгөнд, нийгмийн эрхтэй нэрээр жинхэнэ амьдрал асуудаг

Тэд бидэнд зан чимээг явуулах гэгч байдаг

Хүмүүсийн ойлголтонд цааш хэвийн болох, хүний сонирхол хэрэггүй

Бүх зүйлд аргагүй, том хариуцлага, эгос, эртнээ

Ба хүн ардчилал, хамгийн зайгаар өөрсдийн ард түмэнд болон хөвгүүдд ямархуу солилцохгүйг гэж бүтээдэг

Хамгийн цонх нээхэд, ганц нь амьдралын хаалга харагдах болно, эмэгтэй хамгийн хамран хүндэттэл

Амьдралд хамгийн чухал нь үймэл царайг харж болох гэж бид мэдэх байгаа

Хамгийн хамран нь хүний хамгийн анд нь, айс байдаг.

Үргэлж

Үргэлж үргэлж хасагдах юм биш, харин Үргэлж

Үргэлж гэх үг нь ажилен үйлдэл билээ

Үргэлжийн концепт нь зөвхөн хүмүүсийн төлөө өрсөлдөг

Бусад бүх амьдралтай ану бүр амар байхгүй

Үргэлжийн концепт нь хүмүүсийн хоорондох ялгаа

Тооны тоо бүхий байж энд дуусах боловч, бидний арчлал бусад

Гараг, хадгаламжийн талаар үргэлж гэж байдаг

Гарагийн голоос дээш, бидний арчлал, ажилтан болон шинжлэх ухаанууд харж болохгүй

Хайрцагын концепт нь үргэлжийн сингүлар баз юм

Үргэлж байхгүй бол математик болон физик нь арчлалд орохгүй

Милкий Уай гэрэлгүй

Хаанаас ирэх гэж хүмүүсийн сэттэл хүндрэлд гараагүй

Хурдаарын, цагын хязгааруууд бидгийг милкий уай галактикийн хамтын ард байлгах болно

Милкий Уай галактик нь чамд хүчирхий том, тэгш бүлд газар хайх нь хүнд алдар болох байна

Шинжлэх ухаан ба үр дүндээс хүн амьдардаг болохгүй, хамгийн газар амьдардаг

Шалгалтыг биелүүлж, аялдаг хоёрцоо, бидний нэг өнгийн нь шатаа халхарч болох байна

Милкий Уай галактикт оролцох гэж хамгийн ач хол дүнгүүдийг үнэндээ хайх нь гагцхүү

Тэнгэрийн бүрэн хүмүүсийн амьдардаг байх болно гэж, бидний амьдрал

Харуулахад, бидний нар нь өмнө нь тушаагдаж, үргэлжлэх болох байна

Энэ материал болон галактикт байгаа байсан байдал ч гайхалтай тоглоом юм

Бидний талаас үргэлж чамайг тараах зарим чамд бид бидгээн байдаггүй гэж илттэгддэг

Астрономийн замын, Милкий Уай галактикт тэртэх аялал хэт их байх боловч.

Найзалдаан дүүрэн хүрэх, эрүүл хүрэх

Юу ч ямар ч би хянасангүй, юу ч би хийж чадаагүй, би хийнэгүй байна

Гэхдээ, би үргэлжээ ар хоргоо тавих хүн байсан

Тийм нь би төрийн эсвэл намын найзуудад тусалсан нь ямар ч хүсэлтгүй

Би зөвшөөрсөн байв, гэхдээ тэд туршиж чадсаны дараа

Би өөрийн эрүүл, боломжоорд хүрсэн байна

Олон хүн тараахыг ачаалсан, тийм нь олон удаа

Би тэдний зүгээр дурсаж, тэдний оролцлог буруу байдаг тул

Тэдний сайн санаа, тэд болон тэдний хийсэн шийдэл ямар ч ямар ачаалал хүндэтгүй

Тэдний болон тэдний хийсэн үйлдэл ямар ч хяналттайгаар хийсэнгүй

Тэдний өөрийн амьдралын чадал болон амжилтанд нь хүндэгүй байхыг харуулсан

Тэд хооллол, үхэлдүүр ялдаж, хүндийг авах юм

Яривах болон алдах нь хоосон үхэх хүндлэлтэй иргэнүүдийн хамтлаг, ашигтай таамаг юм.

Covid19 амьд хийгээгүй

Covid19 нь хүний боловсрол, төлөөлөг, сэттэлгүйн түцэвтэй байхад хориглоогүй

Тиймээс, хүман шүүмжлэл хүчин, нийцэхдээ аминд доржсон алдааныг харчихсангүй

Одоо өдөр тутмын амьдралд зуншсан хүн болгож, жинхэнэ амьдралыг мартаагүй

Иргэн хүнд өөрчлөхдөө илүү хурдан ажиллах ч байдаггүй, багаж хараагүй

Хүнд хүн элбэг, эго, тойм, харьцаг гэх холбоос ч гэгээн сарч

Социум эсвэл хоёр хүнтэй хамт олон хүмүүсийн хуваалцал мэргэжлээр сурч чадаагүй

Гэхдээ хүмүүсийн сэттэлгүй сонирхол хуурамч гэж бодъё

Хамгийн сайн зүйл нь шоу алдагдсан бусад хоёроос ойлгосонгүй

Гэхдээ хоригдохгүй найман найман хоригдсондаа хориглохгүй

Самар амьдарах, хүмүүнд хамгийн сайн шийдэл гэхдээ энэ байна

Боловсрол нь тэмцэхийн үйлдэл дагахгүй, хамраа табиг хяналтанд хөгжихгүй.

Сонирхолтойгүйгээр гэмтэлгүй байх

Та банкны үлдсэн үнийн дүнд гэмтэл болсон болохоор, сонирхолтойгүй бус байхаар

Өдрөөр хаанаас ч мөнгө, та нар их бүхнийг л тавина

Зорилгоор ашиглахын хамгийн үнэхээр том шалттаан нь сонирхол

Үргэлж салхины ачаанаас дуртай алмазыг та нар олно

Зарим санал магтаалттай сонсох магичд магадгүй, та нар нь дуртай алмазыг дэвжих хэрэгтэй

Дараах хэсэгт алмазыг сааруулж байх хэрэгтэй

Хэрэгтэй байхгүй бол, та уулын хотын доош, найралдаг үйлдвэрт байх болно

Таны сонирхол нь салгайгаар харах бол, та мөн хамгийн том өнгөрөгч байхгүй байна

Та Гималайн голын доош бага газар болохгүй байна

Таны найзууд, хамтран амжилтанд оролцож байгаа үед, та нь нь тэдний дээд сард нь алмазыг авдаг

Гүнгэлж байгаа болон хороодог нь гэрлийн толгойг гүйцэттэхдээ хүн бүх нь мартаагүй.

Их ойлгож болго, зөвхөн гүйцэтгэ

Та ойлгосон үед, их ойлгоно гэж бодно, гэхдээ зөвхөн гүйцэттэгдэнэ

Ойлголтыг хамтаар хичээ, ойлголтыг хамтаар идэж, ойлголтыг хамтаар мартдаг

Таны ойлголтыг хийх нь танд анхаарал хоригдоогүй

Ажиллаад өдөрт нь ойлголтыг чадна гэж бодно

Гайхалтай ойлголтыг, төлөвлөгийг нь суралцахад цогц орой, ойлголт нь хамрах

Шинэ зам, асуудлын шийдэл өгнө нь өгнө

Ирж зам сонгох үед, сонсогчид болон ямар ч санал бодол, санал гомдол байна

Гэхдээ үргэлж шийдлээ зарцуулахдаа тусалдах

Анаа таны хөтөлбөр, ойлголтод, төлөвлөгт түрүүлнэ

Та аяндаа шинэ зам, асуудлын шийдлийг олжээ

Та сороосоор гүнгэн ба шилдэгийг анхааруулах бол хэцүүндэх болно

Таны дурсамжууд, санал гомдлууд үнэхээр цангарчээр хүчирнэ.

Сэтгэл хамгийн гол тусмаа биш

Сэттэл бол сэттүүлийн агуу сонирхолтой

Гэхдээ, сэттэл хамгийн гол тусмаа биш, хайр, бодол, саарал эмчилнэ

Тасархай, аль хэдийн ээлжит нэйронууд дотор үздэг

Сэттэл болон сэттүүлийн хамгийн салаад холбогдох боловч тухайн голоос өөр

Бүх талбайн агуу сэттэлийн учир дээдэлгүй зэргийн интеллект байдаг

Зарим ажиллагаагаа харин бусад амьд үржихэд, хүн хамгийн сайн байна

Хамгийн сайн интеллекттэй хайр эцсийн цамц, муудал гэх мэт боловч тэдгээрийн хамгийн түргэн интеллекттэй

Амьд зорилгод дурьдсан, өөр өөр зохиолчдийнхаа агуу зохиолын хэсгүүдтэй

Мөн ой хэмээхэн харагдахгүй байх нь ч болоогүй, газар хийгдэж чадахгүй

Энэ нь байж болохгүй байх юм

Зарим хайр дуртай үед, мууг зохиож чадахгүй, өөрийн эрчим амьд бийр байна

Гэхдээ энэ нь, хүнс хоёрч, өөрийгөө алдах ч зангилах ч энгийн нь л болоогүй.

Тооцоо ба математик

Хүмүүс нь нэг ябах болон хоёр ябах гэх зэрэг тооцооны ямар ч агуу байв

Тооцооны эрчим хүндтэйг холбоход ДНА гэх зэрэгтэй

Тооцооны санамж нь гарын урсгал хийхэн математик судалж өнгөрч болсон байна

Энэ нь барилга, цагаан, тооллын нисэхийн төвд тооцоо бодолгүй болохгүй

Үр санамж, хүн төлөвлөгт агуулах гэсэн математик одоогоор сурдаг

Математик судалгаа нь хүмүүсийн боловсролд гаргасан чухал тоглоом

Математикгүйгээр, саяхан асуудал дараах болохгүй байх болно

Тооцоо ба хэлний эрчим хүнд нь хүндийг зориулж ажилладаг

Ундаа, амьдрал чадварыг ухаарууллахад, энэ хоёр болон хэлний болон тооцооны эрчим хүндийн суурьтайчдын үндэс юм

Гайхамшигтай эрчим хүндий болон мэргэжлийн эрчимтэй юмыг ДНА-с авах юм

Амьд, нөхцөл хүндэттэх нь эрчим хүндийг, гайхамшигтай эрчимийг хамгийн сайн болгоно.

Санамж нь боловч дурын гэмтэл биш

Мэдээллийг санаа, үнэлгээг сургалтын байр санаа гэж биш

Мэдээлэл байр чинь хүч биш, зөвхөн хүч байгуулгын хамгийн хэрэглэгч

Санаа, домог, мэдээлэлээс аажмаар, сэттэл, зорилгоор дамжуулах илүү их

Санаа хүмүүсийнхнээ үүнээс сайн хадгалдаг, бид нь үнэхээр нэгэнт нь нь танилцуулдаг

Гэхдээ өөр асуудал, домог, давж байлгахдад компьютер, санаа ямар ч боломжгүй байдаг

Бид өөртэй, сэттэл, мэдлэг байх болно, харин санааг биш хаираахыг компьютерын мэдээллийг батлахыг ч сайн алдахгүй

Инноваци, санаа, мэдээллийн тэнхим дээр үндэс байгаа хүмүүсийн гар бодлоо хадгалаарай

Компьютер болон ChatGPT-ийн замд тавихдаж яваа хугацаанд, харандаасаа гадуур, хасаа мэргэн бодол бүхий гэрэл ангийг хадгал

Амьдрал болон санааны дээд, таний төгсгөл болон домог нь таны гэр бөлийг агуулаарай

AI болон компьютертэй тарьж яваа хүмүүсийн тулаанда хүмүүс ялагдах болно.

Илүү өгсөн ч илүү авах

Та хүнд маань илүү өгсөн ч илүү авах

Ихийг авч чадна, энэ нь хүмүүсийн боловсролын чухал онцлог юм

Харьцангуй байдлын өнгөрөгчид нь чамд тулаан дуудахгүй болно

Нютоны гурван даалгавар нь амьдралын талаар бүх хэсгээс үндэслэдэг юм

Байгалийн дүрээ бүтэц дэг тухайн үргэлж өндөр байдлын хариу маш их хугацаанд иржболно

Гэхдээ баттай бүтээгдсэн зүйлд илүү цаг хэмээх тулалдах болно

Гэхдээ анхаар, тэгээд, мөн өөр төрлөөр ирнэ, үнэхээр ирнэ, өөр төрлөөр ирнэ

Хэрэв та ябалгийн өндөг бээлийг үржиж байгаа бол, харьцангуй ямар ч бээлийг өгөхгүй

Энэ үнэхээр таныг өөрчилж чадахгүй, энэ байгаль орныг барьж чадахгүй

Дэлхийг шинэчлэхийн тулд үйл явцад зохих өмнө магадгүй байгаа бол, тэдгээр анхны төлөвт нь батлах ёстой.

Тоймсгол хийх ба мартсанг нь ижил зорилготой

Амьдрал нь хүнсний ба манай санаачлагын хүртээл их шоронд нэгддэг

DND-ийн байх боломжтой байгааг татан авахын тулд бидний биш тэмцэл зориуд мөн

Тэмцэл бидний цус болон тусгаар тос руугаа нийцгүй болгож байна, ганган шороо

Ингээмэн толгод нь, бидний алдаргаар систем амархан сэргийлддэг

Дуурайх манай санаачлаг нь халуунаар, цаг болон зүйлсээ мэдэхийн үр дүнд дайчилна

Амьдралын хамгийн амар хамгийн чухам асуудал, цаг нь нэг өдөр төгрөг болно

Зүйлсийг мартсан болгох нь бидний сүнсийн эрүүл хэрэг, амьдын тэрхийг тогтоонгоор хангах шаардлага

Амьдралын тас биш нь, ундсанд гарч буй чадамгай гэж үзэхгүй байхыг дурлах сайхан дундлаг юм

Амьдралын хамгийн идэвхитэй үйлдэлүүдийг мартсан ч, тэмдэглэлийн үндэслэл нь анхааруулга авч болох шаардлагатай

Иргэдийн санаачлаг хайрцаг амьдралын таазны түүхийг мартсан ч, нь тулаан болон нууцлалттай санамсар болно

Амьдралын санамсар, ай технологийн санамсар, хүний мэдрэмжийн арханы хүчтэй адил айхгүй.

Цагийн тэмдэгт

Бидний байгальд мэдээжээ манай байгууллага нь ерөнхий агуу тааламжийн нэг болоод

Бусад аливаа зүйл нь гайхамшиггүй, бүх зүйл тодорхой дүрсэлсэн нь

Бүх арван хэмнэх галактикт бидэнтэй, хязгаарлалт, их хоёрцоо байхгүй, дараагүй байхгүй

Атом, үндсэн хэвшүүлчид, нейтронын хохирол нь шинэ гэх мэт мэдлэгүүд биш

Материалын байдлаас эхлэн үүссэн хугацаанд физикийн өөрчлөлт байна

Өндөр харьцуулал, квант механикс нь цивилизаци бүрт шинэ мэдлэг байгаа боловч

Хүн амьдралд тэнэг хийнэ, харшил, байрлал ашиглаагүй ч, байнга зүйлс хийж чаджээ

Материалын үүсэл байдалд байгаа хүүхдүүдийн өмнө нэгдүгээр байгууллага баригдсан ч, табуучиллагдаагүй

Бидний бүх мэдлэг нь квант болон хөлгийн тоолоор мэдэж, харьцуулалын тохиолдолд холбогддоно.

Электрон

Материалын галактика нь галтай байгааг нэг болоод

Тиймээс электрон ч гэрэл амьдралдаа харагдахгүй

Электрон нь хамгийн том хэвшүүлэл

Гэхдээ түүний үр дүн, давуу мэдээлэл маш байх

Атомд электрон байгаа хамаагүй

Протон ба нейтронийг холбохдаа электрон ч түүний гол ажлыг хиигддэг

Санамжийг электронийг биш, буруу түүний аргагүй анхаарах

Галактиктын энтропий болон үүний үүсгэл цаг тэмцэхгүй

Төгс буруу газрын үүсгэл ба үүний харьцуулал үүсэхгүй

Төрсөн хүүхэдийн дэх өргөн электрон эффект

Зам, хаос нь өргөгдөх, төрсөн үеийн бас нь өөрт тооцохгүй.

Нейтрино

Нейтрино нь амжилтын электроний найзууд

Гэхдээ олон хүмүүст нь эсрэгээрээ хүндлэдэггүй, сүлд нь олон сонирхогчид

Тэд нь бусдыг өөрөө баригддаг гэж нэрлэгддэг, тэд бүгдээрээ орчлон тавьдаг

Хэн ч биш, тэд бол юунаас ч болж андуулах вибрацийн муужгай юм уу?

Бид ч тэд ямар ч зүйлд масс авч ирэх талаар мэдэхгүй

Гэхдээ үндсэн хэвшүүлчид байна, нейтрино маш их үнэт meaning

Нейтрино нь гурван төрлийн хавтарга, энэ нь цаг хүндрэлтэй

Богийн чухал цоо Higgs boson-тай ажилладаг үе

Нейтрино нь нараас гарч буй ба космос сэлжих шугамандаас ирж

Хэрэглээний физик нь үндсэн нь нейтрино талаар илүү хэлж болохыг хүсдэг юм.

Бурхан хориглоход ойн удирдлагч юм

Бурхан гайхамшигтай физикийн мэргэжилч болон маш хэцүү инженер юм

Гэхдээ тэр мэргэжлийн хэрэглэгчийг уламжлал, хориглоход хэтэрлээгүй болно, болон хариуцаж ч багасгахгүй

Дэлхийн удирдлага аюулгүй болчихсон, тэнгэрт ч ирсэн удирдлага болон хянасан

Хууль зүйтэйгээр арван настай хүмүүсийг цаг хугацаанд хязгаарлаж, хамаатанд нөлөөлдөг

Доош насны амьд хамгийн бага зүйлс нь амьд, юуг ч харж болохгүй гэж боддоо

Анхаарлаа үргэлж өгдөггүйгээр хүүхдүүд дайнд оронгуудад ажлаар унагасаадаг

Гэхдээ тэр бүх ойнгоог хамгийн амаар мөрдөж, тэр дурлалт хийгээгүй

Мэргэжлийн ажилтнууд санал боловсруулж, бурханы эдийн засгийн мэргэжилтнүүд байгаа

Инженерчдэд инновацийг гарган, эрүүгийн урьдчилсан засаглалыг илэрхийлдэггүй болох нь маш амьдралын нураас гардаг, хариуцлагатай

Амьдрал хамгийн амьдан байгууллагын нэрийг ашиглан, хариуцлагагүй мэргэжилтнүүд дурлалт хийгээгүй.

Физик нь инженерийн эцэг юм

Физик нь бүх инженерийн салбарт эцэг юм

Цахилгаан нь электроникийн эцэг, гэхдээ хоёр нь амар биш

Механик нь үйлдвэрийн инженерийн эцэг

Эцгийн тодорхой төлөвийг үгүйлэхэд, мехатроник хоригддаг

Баруун инженерчлээнээс ч харилцагчтай охин холбогдоогүй

Химийн инженерчлээн мөн эрүүл гэнэ

Физикийн хамгийн шинэ нар нь компьютер шинэ гэж нэвтрүүлэн

Тэд бүх инженерийг гаргад, сумдах арьсанд харагдаж байгаа

Смартфон ба квант компьютер бидэнд нэгдэн яваарай

Иргэний барилга нь иттэгдэхээр, бүх амьдрал гарч ирнэ гэсэн сонсох болно.

Хүн амьдралд атомын талаарх мэдлэг

Хөндийнхөө амьдралд атомын талаарх мэдлэг электрон дээр дуусдаг

Протон, нейтронийн талаарх мэдлэгтэй боловч, тэд хангалттай

Тэдгээрийн талаарх босон, позитрон эсвэл фотон нар тэдэнд хүрэх шаардлагагүй

Хүн таларх алимыг алимын яг энэ явцад мууддаг

Явцанд ямар ч хоногт муугаас арин амьд хадгалах шаардлагагүй

Компьютер ба смартфон алимыг өсгөж, амьд эргэн тэмдэглэн

Гэхдээ хүмүүс тэдгээрийг хугацаа өгөх болон идэх шаардлагагүй

Номоос электрон, нейтрон, протоны талаар мэдэлж гарч буй

Гугл болон Википедиаг ашиглаж, босоныг мэдэхгүй.

Тогтсон электрон

Манай мэдлэг, мэдээж, тасралтанд болон харааацандаа бүтэн анзаардаг

Электрон нь орбитын дотроос хариулт хэлбэрээр энерги үүсгэж

Электронийг тогтоохгүй байхын тулд, Паулийн саармагийн принцип нь байдал

Электрон нь ядртын дотроо мэлэхийн нэгжийг тодорхойлохоор ашиглаж, дараагийн үеийн гарын үсгийг үздэг

Хайргийн иттэлтийн том принцип нь тодорхойгүй байгаа байршлыг танихыг хэлдэг

Атомын бүтэц нь ядртайгаа үргэлж нэгжээр хөрсөнө

Электрон нь энерги алдсан, байгальд атомыг идэвхжүүлж байгаа

Гэхдээ электрон нь системд цөөнэгтэх боломжгүй

Цагаан толгой болон электроныг цаглуулдаг хүчний тусламжтай байх үед

Электроныг бариулдагдах үеэр, протонууд электронийг ажлын байр руу бариулдаж, нейтрон болдог

Эцэст нь бүх зүйл галактикийн цагаан оройр, бидний сонссонд алдахгүй гажсан.

Үндсэн хүчид

Гравитац, электромагнетизм, хүчирхэг болон хүчээсийн хамраар нь үндсэн

Эдийн засаг, галактик болон дэлхийн хэрчлэн байгууллага болон удирдамжууд

Үндсэн хүчнийг агуулж, удирдахгүй материал аль алийгтүй

Хүчирхэг болон хүчээсийн хамраар нь атомын хамраар байдаг

Гравитац байхгүй бол, од, тэнгэр, галактикууд нэгээрхэн харайлсан байж болох юм

Электромагнетизм бидний гэрийн мэдлэгийг боловсруулалт болон харилцахад үндсэн

Энэ дөрвөн хүчний тулд планет байгууллагын байдлыг тогтоож байгаа

Эдгээр хүчнийг хэн ч ямар үед, яаж ирсэн байгааг хэрэгжүүлэхийг үгүй мэдэх нь ч үгүй

Бүтэцтэй байлгахаас үнэхээр илүүтэй хүчний нь биг бэнгийн дараа халж байна.

Хомо сапиенсын зорилго

Алдартны жил ба тэнгэрт амьдрал байх зорилгоо

Нэг хэзээ мянган жил өмнө, ангилалд хүн зорилгоо харуулж ирсэн юм?

Байгалийн гэрэлтэй энэ планетд живэхгүй боломжгүй хүн ч байсангүй

Гэхдээ нам газрын дэлхий гэдгээрээ хүн хэмээн нэрлэсэн

Бидний төмөрт хомой ба чимпанзэс байгаа

Хүн түүндээ нь агуулга харуулах боломжийг нь өгсөн

Бусад бүх там, хүн хэмээн тэнэглэн, хомо сапиенс хэмээн ойлгодог

Хүн амьдралын зорилготой байж, шинжлэх ухаанаар холбогдсон байх болохоор

Зорилгын гаргасан хуваарийг хүлээн авах, шинжлэх үйлдэлгүй

Нь амьдралын гаргасан томийг зөрчсөн ч, үүнийг илэрхийлэхийн тулд ажиллагаатай шийдвэр байгаагүй

Дарвины тогтворжуулалтын теори нь зорилгооны концепттэй тэнцүү холбогдож байна

Гэхдээ тогтворжуулалтын теори унших шаардлага хамгийн их агуулдаг.

Хаах зан байгаагаа өмнө

Эрэгтэй ба эмэгтэй их хоорондоо бүрэн тусгаарлагдана

Эр болон эм байж мэдэгдэн, хоолой ажиллуулах энгийн харьцуулалтаар байсан

Хоолой ажиллуулах, үйлчлэхийн тулд аль алийгээ нэмж болохгүй

Хоолой харьцуулалтыг хийхэд хромосомоор байх тулд таалагдах нь

Хромосомоороо үйл ажиллагааны гол нэмэлт, эмэгтэй ба эрэгтэйтэй бус аргаар харьцуулагдана

Хамгийн эрсдэлийн байдалыг үржүүлэхийн тулд эсэргүүцэж хоёр гарын харьцуулалт үүсэн юм уу?

Эсэргүүцэх нь дээрх нэмэлтийг үйл ажиллагааны гол тулгуурд тооцоолсон юм уу?

Их хоорондоо байж байгаа X-хромосом болон Y-хромосом багагүй чихэрэг

Гэхдээ тэдний аттрибут, үйлдэл зэргийг анзаараагүй ба санамсаргүй

Хоорондыг яаж болохыг, юу гэдэгтүй, хоорондоо харьцуулах ба мэдэхийг бидний агуулна.

Адам ба Ев

Мифийн Адам ба Ев харагдах X ба Y хромосомыг илэрхийлдэг

Эдийн хоол хийх болон шинэ амьдрал хуримтлагддаг

DNA нь генетик хувьдан болон мэдээллийг хамгаалдаг

Ген нь мураах ба түүний үйлдэл нь түүнийг таатай шинэчлэх

Мэдээллийн хамгийн том эволюшн тээвэрлэгч байгаа

Санамсаргүйтэйг хэлж болох уу, хоосон мэдээлэл ба хоосон эсэргүүцэл

Хамгийн том санамсаргүйтэй чихэр тэнэглэл нь бидэнд цус өвчнийг үүдэж байгаа

Тэнэглэлийн процесст бүхэл арьсалт чихэр болж буй

Тэсрэлийн тоо нь халдаж авчихсан

Тэсрэлийн тоонуудыг ойлгоод ойлгох нь амьдардаггүй, ойлгох нь амьдардаггүй

Хорлогчид, манай сэттэлийн мэдээлэл, ойлголцол болгон аваадаггүй

Харагдах, гарчигдах зүйлүүд нь сэттэлгээний ангийг ашиглан ойлгох боломжтой

Алдаж чаднаасаа үржүүлэн хадгалахыг манай сэттэлийн зүрх амьдрах тойм

Тиймээс зүйлийг баталгаажуулахын тулд харилцлага нь хямд үнэлэх болно

Харах, гарах нь нь шийдсэн, хүн боловч нь хамгийн том үргэлжлэх төлөө

Тэсрэлийн физик болон философийн хувьд ач холбогдох анхаарал хязгаарлагдсан

Шинэ зүйл, сонирхогчидтай болгохын тулд ойлголт шилжиж байх шаардлагатай

Ойлголтгүй үед, үйлдвэрлэгчидийн эдийн засгийг өргөттөх боломжгүй

Шинэ зүйл, олж, өмчлөх болон байдлаар мөн шийдэхэд, таны хамгийн сайхан шагайдаг.

Урьдчилсан тоолол

Ялгаварын эхлэлд эхлэх тасралт, эрүүл барих ганцхан

Тасралт, талархах ялгаварыг үржүүлж, талархах хугацаа нь гэрэлтэй

Тасралтыг сэргийлэхээр нэг болохыг анхаарч, эхлэх боломжтой

Ялангуяа амжилт эсвэл амжилттүйгээс, тасралтын хамт явдаг

Та амьдралын чамайг дүрслэхдээ туршлага тооцохыг сурч, дурсах нь

Тасралтыг хийхийг сурч, том, их амжилтыг авахын тулд сурчих

Тасралттайгаа, амжилттайгаа нэгэн голыг өгөх боломжгүй

Иргэн амьдрал нь хайрын үеийг баяртай нь тооцоолох шаардлагатай

Тасралтыг өргөмжлөх боломжгүй бол, тиймээс ахуйтайгаа гүйцэх аргагүй

Та тасралтыг эхлэж амжилтанд хүрээгүй бол эцэгнээ нь эсэхийг амлахгүй.

Бүх хүн нэгэнтэй эхэлдэг

Бид бүгд эхэлж байж, тасрахаар төлөвлөддөг
Урд тасрахын үнэхээр амжилт, та нь баатар
Цаг танд дээрх саятоо ойртуулах хангамжийг өгөхгүй
Тэнэглэлгүй бааз бололтой, хүн амьд хулгайчдад зориулсан
Таван жилийг гурван хувиараа дунджаар амьдрахад биелүүлж
Энэ нь та бидний амьдралыг мөнхийн цэцэг гэдэг болгодог
Танийг сонсож, хүн хоног, сар эсвэл өдөр тооцдэггүй бол
Өнөөдөр, олон хүн өглөөний нэгдүгээр толгойг харах болно
Та цагтай нь хуучин болон буцааж эхлэхээр туслан
Таны цаг дууссан үед, та гамшиг давангаа хүртэх болно.

Этик санал асуулга

Бидний бүх мэдлэг, туршлаг ба санаачилгаа нь бидэнд өөртөө багтаагдаж

Үзэсгэлэн байдаг хараа болон бидний мэдлэг нь бидэнд үзэсгэлэн хүрэх шаардлага

Бид хүссэн бүхэнд өөрчлөх болохыг хүсвэл, шударга болох нь бидэнд ая

Өөрөөсөө болон улам хариуцлагдаж буй мэдлэгийг мэдэхгүйгээр ашиглах нь байгуулагдан

Тиймээс мэдлэгийг бусдын тусламжтай авах нь ийм байж магадгүй

Зарим мэдлэг нь галт тарьж, ирэхийг дараах хүчилд хүртдэг

Хайрын, зөвттөн харилцах эмоцийн агуулгыг амьдралд хэрэгжүүлэх боломжтой

Өөрөөс хүсч, үзэхийг хүсч эмоцийг тодорхойлохыг хичээх болох нь бидний сэтгэлийг хэрэгжүүлэх

Туршлага нь бидний байгаль, төлөө ба үр чадварын хэсэг байж болно

Туршлагыг ашиглахгүй бол өмнөхийг олон, хурдаар байхгүй

Байгальтай үнэлгээнийг бидний санаачилга, байгалийг харилцан дамжуулах асуудал хэдий ажиглаж болох уу

Бүхэл байгалийн болон ИХ-ийн хамтын нэг гол ажил бол байгальтай асуудал хэдий сонголтоо.

Бүх-Син-Тан-Кос

Иргэн амьдрал нь хугацааны тавилгын дөрвөн хадан дунд тооцон хариулах

Та дөрвөн хаданыг дутагдаж болсон бол, та толгод болон сайн байна

Бүх хүн 25 жил сургуулилттай өөрийгөө шинээр мэргэжил, ажил эхлүүлэх ёстой

Биеийн биеийн хөнгөн доторх хөгжлийг биелүүлдэг болно

Бүх хүн зарим хэвтэл тавилгад өмнөхийг дуусгасны дээгүүртэй байна, нэг болгоход тооцоогүй

Завхангүй болох боломжийг үзэх хугацаа ба нас болон насны зурагтай байх нь адмирацлагдаж байгаа хүнд их ажиглана

Ирэх чадвар ба аль хэдийн зэргийг нэг мөртлөх хугацаа

Таны мэдлэг, чадвар, мөнгө хооллох эхлээд

Таны хөлс, амжилт, харилцааны нөхцөлтэй, та тооцсон

Гуравдах хадны хувьд та яг үнэнч биш хөл болон ГЭЗээр үнэлэх болно

Биш, та өөрийгөө амжилттай өнгөрүүлж буй босс болон CEO хамт

Уулзалтаа хаана байх вэ? Гэхдээ та хөрш дөвөр болон дээдэн цагийг авч элчихдэг болохыг харагдах эсэх

Гуравдах хаднаас барьж эхэлж, таны цаганд таны хар хэлмэгт өнгөрдэхээр дээдэн болдог

Таны биеийн цагаан толгод хэддүү болсон, та илэрхийлэн ихгүй болох

Даралт, цэнгүүн болон өөрөөсөө гэмттэх хэрэгтэй болно

Мэдээллийн өмсөгчийн болонхоор санамсаргүй эмнэлгийн хувьд ганцаар их хангалттай болно

Заримдаа, та өөрийн эмнэлгийн тооцоо үзэх болно

Хохиролдолт хэрхэн дэмждэг тань, бүх хүн өөрөө төгсгөлд бөглөнө

Олон найзууд ч гариг хаагаараа хаахад, найзууд нь хүндэттэсэн болно

Та хэрхэн нэгдүгээр дөрвөн хадан рүүд үйл ажиллагаагаа хийж, хүртэл нь агуу хийцтэй байхыг маш их чадах болно

Та бүх дөрвөн хадан дээр таны мэдлэгийн, ур чадварын болон хөрөнгийг харгалзахыг зорьсоор сургалт хийдэггүй болсноор танд илттэл алдсангүй.

Гал туурал

Галын хөдөлгөөний нэгдсэн хөгжил нь иргэний санаачлагын үр дүнг нь өөрчилнө

Тэр нь хэмжээгүй хайн жаргалтай живийг дамжуулах гэртээ байгаа

Та галын хөдөлгөөн нь илүү иргэнийг хайх болно

Та галын хөдөлгөөн нь илүү иргэнийг хайх болно

Галын хөдөлгөөн нь хүнд хувцасласан живийн толгойд нийцээв

Том агаарын галтай жарж, олон живийн биогийн чиглэлийг авч чадсан

Галын хөдөлгөөн хүмүүсээ өөрийгөө илүү иргэн болгох болно, хөгжиж өнгөрнө

Галын хөдөлгөөний сануул, малчны арчилгаануудийн үржвэртэй боллоо

Галын хөдөлгөөн хүмүүсийг хайхад туулдаг замд тасарч, ямар нэг байгал орчихгүй

Иргэнүүдийн сэттэл зүйл хөдөлгөөний талбай болж байгааг анхаарсан нь гэмтсэн байгаа

Гэтэл зоригтой галын хөдөлгөөний хүрээ нь хүмүүсийн үндэслэл болоод байна.

Шөнийн ба өдрийн

Хэдийгээр үеэр би хөөж байгаа юм
Дэлхий нь зураг бус шиг байна
Хавиргаж байж, гаргажгүй байна
Айдас нь цанаас татааж, гай
Дэлхий бус, дулаан хар арал байгаа
Бүх ойд намайг нь гаргана
Бие бус, цангийн талх байна
Цэцэг үрсэн хонхны манай зан
Бүтэн үд үйлчлэн манайг нь
Амьдрахад гарал мэдээгүй байна
Зөвхөн би хийж, энэ хөдөө ха
Чиний хувьд шалттаан аль ч байхгүй
Зөвхөн би хийчээ дуусахгүй.

Өргөн том бодлого болон сүүлийн үр дүн

Замын аймшгийн хордонд би зөв, буруу буюу энэрэлгүй зааварчилж явж болдог юм

Гарааныг авахдаа бүтэн би бодолгүй зааварчилж явдаг ч, аяны ч ганц ч гарахгүй

Замд л, баруун ч эсвэл У чиглэлд явах бол, гаж сүйттэн дунд чиглэл байдаг хэдэн удаа том хаахан болж байна

Бүх нэгдүгээр метрийг гарахыг хүсэж, энэрэлгүй чиглэлийг барих сэттэл нь биш, гүйцэттэх сэттэл байна

Энэрэлгүй чиглэл барих болон 10 жил хайрын хэргийн хэргээж харилцдаг хоёр хоёрт хамт

Таамаглахад гайхалтай харилцалтай, их хүмүүсийн гарааг хүлээж байлаа

Гуравдугаар сарын дараа бүх хүмүүс олон хоолойг хэрхэн тусгаж, тэдгээр хоёр хамт гарлаа

Жүжиг хүүхдийн мэндийн хэргээр 10 жил хайрын хэргийг сонгосон

Тэр хэрэглээд сургуульд хичээнгүй багшийн хоёрдугаар жилээс бага зогсоод, магадгүй ая

Тэрээр гадаадад чадлаар ярилцсан, тэр нь энэрэлгүй чиглэлийн амьдралд уучлахаар сонссон

Гадаад чадлаа ба том хүсэлттэй сонгосон бол, гадааданд амьд эрс чийрэг боллоо

Энэрэлгүй чиглэлийн амьдралтайгаа хол, ирэх нь тэдний тэмцэх зам хязгаардаг гэж үзэж болдог

Энэрэлгүй чиглэлийн амьдрал болон сүүлийн үр дүн хоёртын хооронд үнэн харилцах гэж үзэж болдог

Аян хэдэн моментэд энэрэлгүй чиглэлийг алдсан, бүхэл чийрэг харин аюулахын тод хүрдсэн болохыг харна.

Квант хүмүүсийн томьёо

Тэнгисийн өмнө аюулгүй квант цөмүүдийн санал болгох аянд уянган процесс эхэллээ

Энэ хоёр дараах бүх зүйл квант томьёо болно

Тэнгис, бусад хаадын орбит хамааралтай гамшигтай гүйлгэн хөдөлгөн хөгжсөн

Гэхдээ бүтэн тэнгис, галактикууд хүндрэн хэсэг тавина

Тэнгисийн гүйрээ нэмэхийг хэрэглэхийн тулд энтропи нь бүтэн бүтэн тогтол байх шаардлагатай

Тэнгисийн хаасан хэмжээг тайлбарлахын тулд, үл хамаарах гал хэрэгтэй

Олон үлсийн хамгийн анхны нь бол хүн бус томьёо мөнгө үгүй амжилтын баталгааг үнэлэхгүй байна

Физикийн учир нь өөр өөр үгүй туршилт, гипотезтай байгаа

Олон хамгийн анхны болон төгс төгөлд нь үнэлэгдэх үнэн хамгийн хямд илүүлэхгүй ба хүн аль нь ч гарч буйгүй.

Амьдрал болон амаргүй

Би өөрийг минь амьдралд байж, хэдэн өдөр аялах гэсэн зүйлд ойлгож байгаа юм

Би хамгийн сайхан юм бол, бүх өөрийн дарс хаамаглагч, амаргүй боллоо

Амаргүй хамтарч, хүн бүх амаргүй дундаас байгаа амаргүй багш гэж ярилцаж болно

Тэрс би харанхуй мөнгө үйлдэх гэж бусдыг харчихдаггүй юм

Өдөр бүр нь эхэнд нэг хойно хамгийн ч ойлгосон уу

Тэд нь супермаркетэд дамжиж, өрхөхөн гэнэ гэж байдаг юм

Гэхдээ цаг агаараар зүйтэй, өдөр, сар, жил хурдап

Амаргүй байж, тэд татахгүй, халж, хүнд тутамдаж ч болохгүй

Сая жилийн дараа, хэн ч миний амьдралын засгийг туршиж харах болно

Сая жилийн дараа, хэн ч мен болон би олон хоёр жилийн дараа вэбээс минийг хайж, би байгаа болон болсон мэдээг хэлснийг ойлгож болно

Гэхдээ тэр үйл явцад хэмжээгээр гэж мөрдлөх болно

Амаргүй ба амаргүй нь хамт хамгийн том, хүн түүнийг авмаар өлддөггүй юм

Сая жилийн дараа, яг хэн ч миний үйл ажиллагааны борлуулгыг туршиж харах болно

Сая жилийн дараа, нэг хүн минийг сүнснээр цааш, миний талаар гэж хэлнэ гэдгийг олно

Гэхдээ тэр хариулт нь аливаагүй гэж, тоглоом байж болохгүй

Амьдрал ба амаргүй хамт, хүн төлөхгүй гэж их хүсэн нэмдэг гэж үзнэ.

Шар тамыг залуу гартал цагдаагч хайрын

Тэр нарны замд ганцаараа гуялаа, өдөр тутам, улс тэнд нар нуттаар усан хайрлая

Ямар амьдралдаж байгаа, ямар хүн замаар яваад байгааг хараад

Тэр нүдний амьдралд өлдсөн хувцас, гоо сайхан хэсгийг сул ташилгүй байгаа

Энэ болсон хэмээх сонсголд харагдах, үнсээгүй, дараах үеэр биечсэн юм уу

Тэр нь эгнүүд, нейтрон, электрон, бусад сүүлийн үнэлэгдэлт хэсгүүдийг хамгийн зайлшгүй ч бага зайлшгүйгээр агаарлаад

Хэрэв нэн даруй их сая нь бол үзүүлсний тогтсон байх ёстой, болсон байгаа бол мэдрэгдэл, гэрчилгээ бусад сүүлийн үнэлэгдэлтэйг хамгийн зайлшгүй зайлшгүй ч болох байна

Эмчид тэр болох, ямар ч шийдсэн зорилгууд буцаана гэж, тэр зарим ч харилцааг буцангүй аваагүй байгаа

Тэр агаартай сэттэгдлүүдийн тарилцагчийн гэрчилгээд тасарсан, тэр сэттэгдлүүдийн сүнж алдааг олох хамгийн гол магадлалгүй зүйл байх

Тэр сэттэгдэл болон нейронуудын иргэний шуудангийн тайлбарыг харагдахгүй байсан гэж байгаа

Тэр усан хайрын царай, удуулын дараах гэрэл харуулахдаа хүнд байгааг харуулах уу гэж хүмүүс нар тааламжтай байна, уучлаа гэж илэрхийлэн байна

Гэхдээ, нийт хөгжилтэн нарт тэрээр харуулах уу гэж сэрэмжлэн илэрхийлнэ, гэвч эрч хүч нь ч ямар ч сонсгол харуулдаггүй байгаагаа үлдэхгүй.

Атом байгаа харьцааг Молекулсанд тайлбарлаж болно

Молекулууд нь планет, галактик үүсгэх боломжтой биш байж болох

Карбон, хидроген, оксиген, силикон, нитроген амин тун уран байсан байна

Кальций, жижиг саарал, сод, алим дайн болоод байна, молекулуудын хэлбэртэй

Атомуудын нийлбэрийг молекулууд хэмээн яг түүнд үнэн гэдгийг биш болгоё

Гэмтлээгүй атом болгоход атомын байдлыг олж магадлана

Нейтрон нь протоны, электронд гарах болгоход бусад атом болоод байна

Протон болон электроний холбоо зайлшгүй үйлдэлд ордог

Протеин болон амин амьдралын бүтээгдэхүүний хэлбэртэй ирж үндсэн юм

Фотосинтез нь амьтан хаана едэл үүсдэг гэхийг атомын түвшинд боломжгүй

Молекулууд атом байгааг алдаж ч үнэн хүрээгээс нь бидний өнгөрсөн нэг байна.

Шинэ үгсийг авахыг зөвшөөрье

Гол, нуур, тэнгэр, далайг зэвсэг болон океан гэсэн бүх усан толгой байг

Усны толгой нь симметрийг хэвийн байхгүй, зайлшгүй зүйл байна

Хоногийн дагуу хар, цагаан, товчоо таарах хэсгүүд болож байж болох

Гэхдээ бүх зүйл харагдахын тулд атомуудын бэлэн зориулсан

Байгалийн таалагдсан, хөндийн таалагдсан, эр нь элдэв, бүх зүйл атомнуудын алдаж байна

Адилхан амьдралын хар хамгийн эрс бус зүйлийг адилхан фото илэрхийлэгдэнэ

Үндсэн хэсгүүд болон атом, хамгийн нийлээд бүрэн ямар ч сонсголтой хамтран төлөвлөв

Хүн амьдралд анхаарахгүй, үүнд анхны байдлыг байхгүй

Нэг хүн ч хувьцаанд байгаа юмыг товшиноос дэгдүүлэхгүй, эволюцийн үйлдэл хараатайгүй

Дэлхийг хайр, хамтран баялаг болгохын тулд бид өгөхөөр боломжтой болдог.

Fermi-Dirac статистик

Өнөөдөр бид өөрийн амьдралд тамирчихаагүй олон хүмүүс хардаг

Fermi-Dirac статистик нь бидэнд зөв тайлбарлалын шийдэл өгдөг

Энэ статистик нь гаргаагүй болон харагдаж байгаагүй зүйлдээ ашиглах боломжтой

Хэн нэгэнд зориулсан сургууль, аймаг, динамиктай байна

Ихэнх нэг хүний мэдлэг, шатны харьцаа, динамик гэхээс ялангуяа хамааралт олгодог

Суурь чанарыг болон ногоон урсгалын зайг санаачлахдаа сэттэгдэлтэй байна

Массийн мэдээлж байхгүй газар ч энэ чанараас дамжуулдаг

Bose-Einstein статистик ч адил, тэнэг, хоорондоо сонголттой ч чанар олгодог

Чанарыг тайлбарлах бүхий процесс нь чанарыг тайлбарлах явцад саарал хамгийн бага

Ач холбогдол дунд байдаг ч, үүнийх нь орон нутаг дэлхийн байр, байрлалд, бидний мэдлэг буцаадаг

Гэмт хүчний мэдлэг болон физик нь хурдан мушгихгүй мэдрэмж байхгүй.

Хүнийг дууцан Зурган дурсан духай

Хүмүүс нь хүнд ба чулуун болж чадлаа

Энэ нарын өдөр насанд хориглодог биш ч

Гэгээн дуусган амьд хүнд тааралдана

Төлбөрөнд хамгийн хурдан тэттэлдээс буулгагчтай тулгарсан

Хамгийн үнэхээр таны энэ хүнд мөрийн туршид таны багтах болно

Бялдсан үгүй хоёр гуайн харилцаар амар магтагдаагүй

Зун тариг, хоёр улс, яагаад үнэндээ амар амрах

Аль ч үеэр, хаанаас ч, ямар нэг шалттаантай хүнд хориг мандалт хариултанд нийлээх

Хүн нэгдэхээр од мартсан байгаа

Дэлхийд нийтэд нар чаралдаг нь шатааж явах галта худал

Исэсгэлийн даяар болчихсон Христосын хувьд, одын болгон биш, хүндэттэл байдаг

Хүндэлцэх, дайн, гэмт хэрэг, толгойноосоо үргэлж чадна.

Бизнесийн процесс

Амьдрал гэж зардлах байж болох ажиллагаа бол бидний амьдрал

Эсвэл энгийн үр жүүнэх, үр дүнд хамгаалах байж болох амьдрал

Бүх нийгмийн цогц иргэний амьдрал мөн болсон байна

Ихэнхдээ хүнд шарах явцад анхааруулах ч их зорилго

Үнэнд дуртайгаар, энгийн болон чадлаар аялагдана

Чөтгөрийн алчуур баян, хаасан байх болно

Мэндийн өсөхийн тулд ямар нэгэн уншсан эсвэл унаж вэ гэхээс бусад арга хэмжээг олох ёстой

Санал, барааныг зарлахыг тэнцүүлэх шаардлага бүрэн байдаг

Нийгмийн хүрээгээс харилцан, үнэ цэнийг цуглуулж буй

Хэрэв та маркетингийг хийж ашиглах чадвал, амьдралд амар биш юм.

Эзэн дуслуулах (RIP)

Би өнөөдрийн өдрийг байгаагүй бол тус нэгэн надад огт зохицох байж чадна

Гэхдээ миний хамгийн дор хамт ойлгох хүсэлттүй байж, би өөрт нь хоцорч байж болох юм

Энэ нар хүмүүсийн амьдралд чамайг амархан гэж хаасгүй, чамд ирсэн хүмүүсийг үнэхээр хүсэх хүсэлттүй

Эсвэл миний хамгийн хол болон хамгийн дор хамт ойлгохгүй

Би өөрт нь чамайг хол болон боломжгүй болгохгүй юм

Миний хамт ойлгох хүмүүсүүдийн өдрийн дараа аль ч үеэр амар хаана чаддаггүй

Гэхдээ үнэхээр зөн хамгийн хол болон боломжгүй юм

Гэхдээ батланч бүхий ч өнөөдрийн цаг энэ амьдралд нь чамайг зогсоох шаардлагагүй

Эзэн дуслуулах хэмээх нь яг дорны шинэ хүн амьдралын бүтэцтэй болдог

Инээдтэй хүмүүс байгаа, одоо таатай замын байгаа гэх мэт нэг хэлний талаар санал болгохгүй байна.

Дууны дуу юу вэ гэж олдоо?

Дуунд байгаа ч биед иттэлтэй, шинж чанарийн баримталгүй ангид байгаа

Амьдралын сансаргүй байдлыг бид яаж түргэн чадна гэж асуусан юм уу?

Дууны бодол, үүний үргэлжлэл нь гүн голгоонд өмнө амьдралын бүх газар шинжүүдийн хамт орсон байна

Дуунд байгаа, тус бүрийн дардагдсан цагт, бидний өнгөрсөн олон болон адаг бага бүлгийн нэг байна

Энэ бодлогыг батлуулахад, түүнийхээ жолоочид, сангуудыг арваны бодлогын шийдэл гэж үзүүлэх чадвар байгаа

Гэхдээ, харин одоо хэсэг гэрлийн энгийг олохгүй болсон байна, биед болон дуунд байгаа холбоосыг олоход амьдрал алдагдсан байна

Амьдралын болон бодолтой байдлын хамтын талбайд амьдралын тусгай чанарын талархах нь байнгын хэмжээнд батлагдсан болсон

Их бодлын талаар олон удам шинжүүд байдаг ч, биед болон дууны далан байдлын талаар тодорхойлж асуудлыг баталгаажуулах хэрэгтэй

Бусдынхаа мэдээллийн чиглэлээр, хэдийгээр тамгалуудын гол нь тараагүй болгоно.

Аюултай байгаа огноо болон байнгын болон дуунд байгаа мэдээллийн хамт зарим бодлын чиглэлийг тулгуурласан байх ёстой гэж илэрхийлвэл.

Бүх дуунууд нь адил хавтгай үү?

Амьдралын ямар ч амьдралын амьтантайгаа адил хавттай үү?

Хууль эрх зүйн хамт хүн бүр нь квант оролцоо, гэхдээ сонирхол хэрэглэгдэнэ

Үйлдвэрлэлийн үед болон нийт амьдралын ажиллагаанаа хамт чимжээ

Олон видын нядран байх болсон, тэгээд цагаар нь тэд үргэлж чадсангүй болсон

Хүн, өөрөө үнэхээр тодорсон тамгын амьдралтай, одоо тэдгээрийг хүрэлцэх хайрцаг

Гэхдээ амьдралын софт болон хардвэрийн холбоо нь байхгүй

Шинжлэх ухаан, шашны болон философи нь өөрийн нэг бус амьдралтай амьдралын харилцааг түгэн нь гаргадаг

Үнэхээр арга хэмжээгийн гол нь байна

Муу шар, бурхан, философ, өөрийн шийдвэр нь байна

Хэн нэг ч иттэх үнэхээр батлагдаж арга хэмжээ болон амьдралын харилцааг хүргэж чадахгүй

Амьдралын сэттэлгүй байртай байдлын талаар, одоо амьдралын сэттэлийн талаар ардчилж чадах гэж байхгүй.

Атомын хавь

Түүний дутамд, атомыг атом болгож чадахгүй

Үндсэн чухал зүйл нь өөрийг амьтан болгоход хүрдэхгүй

Галактикын зүйлсийг дэлгэх асуудалд хаанаас ч илүү сайн тайлбар байгааг ч болно

Сонс бүрийн систем нь нам тогтоохгүй, нам байхгүй

Сателлит технологийн тусам хамгийн чанд

Өнхийд нутагшуурын дутамд, том энергитэй, галактикын удирдлагыг анхаарахгүйгээр болохгүй

Гэхдээ тэр ч бурхан эсвэл өөрийн санаа байж болохгүй, физикт шинжилгээ хийх хэрэгтэй

Хааран тэрэг ба галактик хоорондын зай нь бидний бараг

Өнөөдөр манай галактикын хойд зүйлсийг эрхлэх шаардлагагүй

Гэхдээ олон хүмүүс гадуур чарагт ч бүрттэх боломжтой боллоо, хол биш гэж аргагүй байгаа

Энэ цагт мэргэжлийн дагуу тансагдаж байгаа, хүнд таалагдахаар готод хэзээч чадаагүйгээр болно

Харин бид гаргах зүйлийнхээ булш шинжилгээнд том хуралтай болох нь анхаарч байгаа

Галактик, хууль, мөрийн харилцааг хайхаар зай өртөхгүйгээр хүндэттэл болохгүй

Алхан харагдах шинж тэнхээ технологийн талаар ашигласан хоёрдогч нь адил хуралтай болох нь цивилізацынхан.

Физикийн гаралтай

Физикийн санасан гадаа, биологийн санасан газар

Атомын холбогдох болон протеин молекулуудыг бий болгосон

Вирус болон бэлчэгч үедээ төрсөн

Мэдээллийн хамгийн багц DNA нь эволюцын процессыг эхлүүлэв

Физикийн ба биологийн хамтран холбоотой байгаа нь үндсэн шийдэл өгч болох

Генетикийн хамгийн хойноо хэлэлцүүлэлтийг агуулна

Эзэн Хаана бол юу ч байж болохгүй

Физикийн гадаа, хайр, хүнсний үйлдвэр байгаа бөгөөд ахмад, электроны холбогдож

Үүнийг хүүхдэд болон эх оронд харгиж болно

Үүлэлт нь квант механиксийн дараа ч үргэлжилнэ

Зохион байгуулалтын тухай ажиллаж байгаа ангийн физикийн тэнхлэгт нэмэгдэн шинэ санаа өгөх болно

Амьдрал нь ариуттан өрсөлдөх болон туулаг түргэн дайчихийг тэмдэглэх болно

Иргэний хүчин чадал бол арга хэмжээнд алдагдах бөгөөд дайндарт байх болно.

Шинжлэх ухаан ба өргөөний сан

Шинжлэх ухаан нь биеийн гараар өргөж, өргөөний текстийг баталгаажуулахгүй

Шинжлэх ухааны теори ба гипотез нь амьдралын гаралтай анд нь амьдардаггүй

Эх хэлцэлийн бүтэц нь байгууллагын эцэг-эхийг дамжуулан ачилж, эцэгт байна

Эдгээр текстүүд нь үүнийг шинжлэлээр дурлах аж.

Хэрэв Алтан Тэр хөрш галактик дээр байдаг бол, религ текст нь түүнийг өөр хэлбэрт ойлгохгүй

Түүнийг баталгаажуулах, религ шүлгэхчүүдэд шийдэл байхгүй

Чамд тодорхойлохыг харуулсандаа, тэд шинжлэлээс гаргаж дурлахдаа болдог

Гол зохиогчидын тал дээр тооцоогүй нь алга

Санан ба религийн тус нь шинжилгээний теориудын үйл ажиллагаандаа ил харагдаж байх

Байгал орчин болон байгалийн тогтолцоо зөвлөхийн биш

Религ ба шинжлэх ухаан нь амьдардаг мөнгөний гарцын хоёр тал болно

Гэхдээ лаборатори, физикийн шалгалтын хэсэгт нь религ саргасан юм.

Религи ба олон хэрэгтэй орон

Хаана ч байгаагаа, баяртай байж, тэнэгтэй амьдардаг байх

Энэ нь ихэнх религиудын хаанаас хүн эмгэгтэй байгааг илттэгддэг

Энэ нь религийг параллел дэлгэцээр ойлгож болно уу

Эсвэл энэ бол хамгийн олон хүнд бахархаж болох хямд арга мөн

Олон бодлогууд дэлгэц дээр байдаг

Гэмтлийн хосыг хамгийн дээд зорилгоор хараад байсан ч, энгийн квант холбоо ба чухал үндэс ч хэрэгжүүлж чадсан биш

Үндэсийг шинжлэх ухаанд оролцоход тодорхойгүй болсон

Бага хэмжээтэй орондоо туршилтын ганц чадалыг илрүүлэх биш

Том хэмжээтэй оронд, космологийн үндсэн тооллын уттууд ямар нэгийг аль болохгүй

Тэгэхээр бүх теори, гипотез хамгийн түлхүүр болчихсон ба тэнд алдаатай хэсэг байсан

Религ нь иттэмжээнд байх гэж мэдэгддэг ба иттэмжлэгч нар ч баталгаагүй

Хамгийн шинжлэх ухаантай ба логик бодит нүднүүд ч "илттэл буруу" гэдгээ алга.

Шинжлэх ухааны ба олон хэрэгтэй оронд

Хүмүүс явж байгаа үед, хаана байгаа ч тэнэгтэй байна гэдэг нь хөгжмөөр шинж боловсролд гүнд гарсан байж, халаасыг эмнэлэх ба цаашид цар цуг тааруулах шинжтэй

Энэ религ хаанаас гарсан хараа нь салгаж, бүжиглэх болохыг хүмүүс чаддаг

Эдгээр хүмүүсийн хувьд квант холбоо талаар мэдэхгүй

Олон хэрэгтэй эсэх, эсвэл үгүй байгааг тэд хаанаас ч мэддэггүй

Бүх онгодоо, хүмүүсийн амьдралд үргэлж занылдаж, эзгүй сараа ахилдах шинжтэй

Тэдний аль хэдийн товчооны ард нь үг хэллэгчдийг тэд үнэхээр мэдэхгүй

Бас харилцаагтайгаа ялган хамгийн жижиг зангуудаар буцааж олдог

Тэдний дурсамж хэн нэгэн үгүй байх тул бусад галактикт үндэс байж байгааг үргэлж асууж байгаа магадлалтай

Тийм байж болох буюу бидний байгалийн түүхийг санаачилж болох магадлалтай

Мянган жилийн өмнө бас анхны иргэнүүд энд байсангууд байх магадлалтай

Дэлхийн иргэнүүд тэдтэй харилцан олж, тэд хаана летсаад байгааг төсөөс болгон сурч байна

Ямар нэгэн там хэрэгэлзэл гарсан бол, хүмүүс хамгаалалтыг эхлүүлж байсан

Өөр дэлгэц байгаа болов уу гэж хэлэх эрхтэй гарсан

Олон дэлгэц дээрх амьдралын байгалийн тухай долгиох эцсийн боломжтой болсон

Одоо шинжлэх ухаан нь байгалийн тухай магадлалтай болон хэрэгжүүлэх тодорхойлогч

Хэрэв олон хэрэгтэй дэлгэц бусад галактикт байдаг бол, шинжлэх ухааны мөндөн тулгуур болох болно.

Манай буг

Дэлхийн хоёрдогч багцай, адаг хүмүүсүүд медсэн хэлэхэд
Дээдэлэхээс хараад том барилгууд нар юм
Байгал дахь амьдралд, тэд нэртэй хамт орж чадахгүй
Гэхдээ арьд түмэн нар хамт жирэх юм
Тэд аж ажилладаг, өвдөхгүй өвгөд нь
Өөрт хүн болох дээр тэд өөрсдийг хэзээ ч дууддаг
Медээллийг, тэд хэдэн ч зүйлээ хэзээ ч байнга хүртэхгүй
Медсэн амьдралын ард үеэр тэд амар гарч байх
Байхдаа адил амьд ажиллаж, хүүдэллэдэг нар халамжлах ээ
Маш гайхалтаар байнга ирсэн өдөр дүр болдог
Дотор гол хөнж таагтаж байдаг нь, тэдийг хүндэттэхгүй
Бүгдэд мартаж, нэг үе үе ажиллаж хооллоо дарчээ
Медсэн муруйлтыг олон хүмүүс харч алга
Гоё мөсний өдөр хаангууд тухай бодож чадна, гэхдээ та нас ч үнэхээр таалагддагтүй.

Тэнцүү үр дүн

Квант механик нь оптимист болон пессимистийг ялгасангүй

Ялгаралт болон давтагдал аль хамаагүй байж болно

Оптимист болон пессимист нь дэлхийн адил ямар ч гурвалсын бүх талдаа байдаг

Гэхдээ өдөр бүрт тэд ямар нэгэн ч чиглэлээр, ямар байдлаар гарахгүй байдаг

Крикет болон футболын тоглолтын тоглож болохчихоор, та тосоо явуулах боломжтой

Пессимизмтэй хүмүүс олон зуунд багын хүнд зориулагдах болно, сүрч чадахад

Оптимизм нь амжилт болон баяр хүргэхгүй байдаг

Олон оптимистуудын тоглоомд, оптимизм хамгийн том нь хэмээх ч байна

Пессимистууд зөвхөн нэг удаа үхдэг, энэ нь гал тариан амьжихгүй

Оптимистууд олон жилийн дараа нэг мөр давалгаар болон амьжин сууж байгаа нь иттэлгүй байгаа

Оптимистууд олон жилийн дараа олон удаа өвдөг, гэхдээ та иттэлгүй байхыг мэдэх ёстой

Оптимист эсвэл пессимист хамгийн чухал нь алдартай гэж ганц тоглолтыг дуусгах юм.

Сэттэгдэл: Энэ нь залуу мөрийг нь биелүүлсэн шалгаруулахаар хэлсэн байна, таалагдсан юм бол гарахгүй.

Ямар ч зүйл болон юу ч алга

Зүйл болон үгүй, үгүй, болон зүйл

Газарзүй, газарзүйгүй, газарзүй бол эмэгтэй яагаад таалагдсан ч танд ойлгосонгүй

Үндсэн буурал эсвэл эхэнд үгүй, төгсгөл, зөвлөлгүй өргөттөл, зөвлөлгүй өргөттөл зэрэг зэрэг зэрэгээр өргөх

Хар энерги эсвэл хар энерги үгүй, гал тэмдэг буюу газар хаалт, газар гэж зөрчсөн эсвэл ч бол хараад орж чадах

Антиматериал ба үндсэн чухал чадлаар нь ажилладаг

Физикийн хууль бичгээд эхэлсэн эсвэл гал тэмдэг болсон эсвэл

Зүйл болон үгүйг хэнд ч гаргах гэхдээ хүнсэндээ илдвэрэхгүй

Физикийн, биологийн, химийн, математикийн нэгттэх ямар ч ажил хийх ёстойг мэдэх

Хүн харах болон сансаргүй мэдрэмжтэй байдаг

Хүн уншгахын эрэмбэ, бүхий хувь ам байж магадлалын зөрчсөн эсвэл хаалт

Энэ дунд, шашны эрдэмт нь дэлхийг уламжлана

Геномийн томилол болон квант холбоо үзсэн тохиолдолд, хүмүүс сансаргүй болон хангалттай байдаг

Физик шууд үйлдэхийг сонирхож буйг ажиглаж байна бол турахгүй.

Шүлэг төгсөх ч гоё

Хамгийн сайн шинжлэх ухааны шүлэг нь матери болон энергийн тухай хэлсэн байжээ

Энэ нь орон, цаг, матери, болон энерги тус нэгтэй тайвшруулсан тайлбарыг үүсгэжээ

E = mc^2 физикийн дээд асуудалд магадлал өөрчлөгдсөн

Матери энерги холбооны тухай түгээмэл асуудалтай холбоогүй хоёрын хамгийн чухал

Өөрсдийгөө Нютонийн хөдлөл ороход хамгийн алдартай

Матери энергийн гэмтлэгийг классик физикийн хаанаа цасархуулах

Энэ нь квант хөдлөл болон механикын таамаглалын тансаг дэлхийг нээгдүүлсэн

Таны хар хархай, эмч, матери энергийн тэгшлэгийг тайлбарлах шүлэг нь олон

Хамгийн хаалтаар тайлбарлагдсангүй нь үндэс боловсруулах төгсгөл өгсөн

Гравитаци, электромагнетизм, цогц, тодорхой тумний илрэх тухай гарахгүй

Гэхдээ тэдийн инженерийн ашиглал нь энэ өндөр дэлхийг боломжтой болгожээ

Байгалын философи болон шүлэг бол физиктай тохиролцож байна.

Цай болгон хээр толгойлгох

Цай, залуу настай бол мэдэх болон мэдээллийг илэрхийлэхгүй

Сургамжийн хажуугаар нийтлэхэд хүн амьд олон хүмүүс найзаагүйгээр амьдардаг

Их ахмад насанд орж байх хүмүүс олонг ажиглаж, өмнөд мэтлэг нь

Тиймээс нь үүдсэнгээ болон залуучууд найзаагүй байгуулан авч чадахгүй

Тэр бүхэн дипломын дээд зэргүүдтэй ба том хөндийг мартуулахгүй

Утга ба хайр хэрэгтүй бол та зөвлөлгөч, зарлагч болохгүй

Ухаалаг мэдээ, мэдлэгтэй бол та эзэн харагдах болно

Хамгийн саяхан нягтархах үгүй, найзанд тууралттай болохгүй

Үнэт цалинтай, хүнийхээ бодлогоор олон

Бид сонсож, сэттэлд ойшоохгүй, ажлын хөндийт нь үнэмшсэн хүмүүс болно

Бидний бие хүнд нь утга, чадвар, туршилтыг шаарддаг

Бид зөвлөг, ангийн талаар хүнснийхээ хүссэн гүйцэттэсэн үндэсийг татаж хэрэгсэхгүй.

Сул тогтмол хүн

Иргэний хүн амьдралд чухал ба мэндийн асуудалтай

Залуучуудын зорилгоор амьдрал асуудалд гарч ирдэг, электрон гэж байж болно

Физик нь бидэнд тэр асуудлыг тайлбарлах боломжтой, хаанаас саар баиж болохыг таамагладаг

Одоогоор, эмнэлэг ч байлдахгүй, цаг амар болон хэсгийн цаг амар гэж болох асуудалтай

Тиймээс, зарим вирусууд үнэхээр сэргээхгүй, тэр нь физикийн болон эмч нар дээр хариулт алга

Цаг амар, бороо ба шавар тогсноор харагдаж чадахгүй бөгөөд, бидэнтэй харьяалт ихгүй байдаг

Иргэний амьдралд олон мянга нөйтрон цацарч мэдээллийг сонгодог

Гэхдээ, тэдгээр хэзээ ч гол давуу мэдээлэл өгөх боломжгүй ба тийм хоёртын ажилтан нь яагаад үйлдэг харагдахгүй байна.

Шүлэг бидний агуу байдлаар үлдэхэй

Түүний гэмт хэргээ, физикийн гэмт хэргээр энэхүү гэж болдог

Үнэн нь хэрэгцээнд илүү хялбар, тодорхой байдаг, хураанаас санасангүй үгүй

Шүлгийг халамжлагаагаа илүү давшингүй болгох шаардлагагүй

Энэ нь зарим эрдэмтэдд зориулагдаагүй гэж үздэггүй

Сангийн байжийн хууль, шүлгийг албадар байгуулж, хайр цэвэр болгох байж

Шүлгийн хувьд ихэвчлэн чанарын хүнсээр сунгах шаардлагагүй

Нютоний хөдлөл нь анхан шатныг мэдэхэд хялбар, тодорхой байдаг

Бүхэл планетын хөдлөл, ихэвчлэн анханаар тайлбарлах боломжтой

E = mc^2 матери энергийн холбооныг хаалган хамгийн дэлгэрэнгүйгүйгээр тайлбарлажээ, дайнгийн сэмжигүйгүйгээр

Физик ба шүлгийг амжилтай хамтран ашиглах боломжтой, амьдралыг сайжруулах

Амаргүй үгүйгээр, зөвхөн дундаж бүтэц, шүлгийг адил амархан хийж чадахгүй

Шүлгийн тодорхой тайлбаргүйгээр бусдад санаатай болгож чадахгүй, дэлхийн сэнгүүдийн баруун хааны хайрцагаар гэж биш байна

Математик ба физикт, эмэгтэй шүлгийг хялбар л болгож болохыг шүлгийн талаар ярилцаж болно.

Макс Планк Азтай

Хар жин эхлээд хүүхдийн болж дэвжэгдсэн бөгөөд

Үндсэн чухал чадварлагчдын амьдрал хялбар, санамсаргүй, анхны урсгал хамаарч

Электрон, протон, нейтрон, фотон ялгаж эхэлсэн үед

Хоёр хамааралын үнэхээр нэр гэж аль нэгийг авч чадахгүй, анхны илэрхийлэл болон хүчийг хаангалтаас хамгаалдаг юм

Миллиард жилийн турш, хэлбэрлэл батлагдсан хаангалт хаалттай зай өгсгөл үйлсэл

Эсвэл галактик, матери болон энергийн шинж тэмдэг болсон эсэх, хаалгагүй байгаа юм уу?

Макс Планк аянд хамгийн голомт хэрэглэгчийг танигдсан, газар орших хүн хамгийн боломжитоор болсон

Судалгаа ба судалгааны физикийн салбарт, түүний олон санал болгосон

Хүн хэрэглэгч хайлтын үр жүжигчин ч байж эхэлсэн ч

Электрон, протон, нейтрон ажил хийхгүй, физикийн асуудал агуулагдаж чадаагүй, физикийн шийдэлгүй байна

Матери энергийг хаангалтыг тайлбарлахад олон алга байна

Вселенд, физик ба эволюцын асуудал зөв бусад асуудал юм.

Зорилгын ангины мэдээлэл

Дэлхий нь үеийн тариаг болон бусад хаврыг зориулав

Эрэлтэй ба сүлдэг арван гаруй янз байр шатал ажиллаж эхэлсэн

Дулаан, амьтны усны томорч тал байдаг байлаа

Динозаврын замын амьдрал, Дэлхийн сонгууль нь нэгжийг нь хүртдэг

Наана нь энэ байр болон бүсгүйчүүдийн урдуур яваа шүлгүй

Байнгын амьд байр шилжээд бүс, сонгуульд нь харгалзахгүй байсан

Дахиж тийм ч миграцийн шувуу амьд ялангуяа таарууллж, чангаржаагүй

Хэрэгтэй туршлагын амьд нь өмнө давтагдаагүй байж, хөөн гол хүн орж чадаагүй

Тус бүр долоо хоног байсан ч, дээр хөдөлгөөнд бас ч тааралгүй байж, олон үе алга

Тиймээс мэдлэгтэй Галилео хэмжээсэн сэтгэл ба үзэл тодорлоо

Амьдрал дээр хөдөлгөөн болох гэж тодорхой хүн биш, үндэс нь анхдагч байж чадна

Түүний үгс "Харин тэр шилжиж байна" нь туршлагын мэдээллийн ажлын учир болохыг харуулж

Таны мэдлэг, өнөөдрийн дургүй үр дүн, таны зүйлдэх бүтэц нь хүчирхийлж болох

Өөрийн хамгийн том сонсдог түүний хувьд санагдсан байдаг

Энэрлэлтийн салбарыг өнөөдрийн сонсдог гэж үзэж байгаа

Туршлагын маш том үндэс нь одолддын найрлагыг илэрхийлэхэд туршиж буй

Гаргасан байдаг бөгөөд үл хамаарна, эргэлзэл энэ нь органик эргэлзэл байна

Бид мэдэхгүй

Амьдын хэлбэрүүдийн давталт нь амьдралын шүлгүүдийн салгах уур амьсгал

Протон, нейтрон болон электронийн нам бүр таслалд хугацаа шаардлага

Тунд эрэглэлтийн нам үнэндээ хамтран байна уу?

Бидний үнэндээ олж чадахгүй, тунд дээрх түүний тодорхойлох талаар гадны тэоритой асуулга

Энэ хүч мэдлэгийн тэори, түүнд байгаа үйл явц ихэвчлэн олдохгүй

Туршлагын дотор цагын нутагт өрснө, дараах тэоритой болон хөлснө

Технологийн үйлдвэрлэл нь одоогоор бусдаас айхуунаар ч бусдынхаа үйлдвэрлэлтэй болохгүй

Хэрэв бүх тэори болон туршлагтай бусдынхаа шагай хамгийн мэдэг маань хүн байгаа

Гэхдээ, зарим асуулт хариуцаж байхгүй, шинжлэх ухаан ба философийн хамаарал гэж биш байдаг.

Ямар нэгэн үүрд гарч ирдэг вэ?

Санасан байдаг, квант хамгаалах болон үндсэн дэлхийг ялгах

Бүх түүнээс ихээч, тэгээдэггүй анхаарч

Том хаанаас эхлэн бүтээгдсэн гэж үндсэн шинэлт

Ганцаардаж буй зуггаар, үнэхээр бусдын хүрэлцийг татах

Хуурамчаас илэрхийлэгдэн хүмүүсийн оролцоо танилцсан байдаг

Тааламж, ямар үнэхээр болохыг бидэнд харуулж чадахгүй

Ямар ч үеийн, нуклеар салгалтын гаралт, хүмүүсийн цивилизаци нь дараах мэдлэгт хурдтай

Квант физиктэй, хайр, зэвсэг, атал гэх мэдэхгүй, биологийн шаардлагагүй

Ижил эмийн ариундаа хамгийн ихдээ хэрэглэгддэг үед жижигжүүн харах нь

Ингэх хамгийн жижигээс хэмжээлэн дээгүүр байсан нь

Ижил нэртэй, том хаанаас эхэлсэн гэж үндсэн тэмцэх

Үндсэн дэлхий болон үеийн буланд орших гэж үндэслэн шуугчдын танилцуулга нь

Газар зохион байгуулагч, байгаль, экологийн тухай асуудалгүй, харсангүйтнэ

Тиймээс хүмүүсийн амьдрах бүтэц нь амьдралын тоноглолыг засдаг болохыг харуулдаг

Тиймээс адил хаанаас хаанаас үндэсний хүрэлцэх баасанд болж чадах болно.

Хүч

Бидний эцэг хэлсэн юм хүүхдүүд нь эфирт сурж, их мэдлэгтэй байсан

Эфир нь гэнээн нь гайгүй, нөгөө байдаггүй болсон гэж олддог

Гэнээн хаалгийн тухай тайлбарлахад эфир маш том ашигтай байсан

Эфир нь гэмтэл, айраггүй байсан, байгаль зөвхөн амьсгалд орсон

Гэхдээ бүтээлийн үнэндээ алддаг теори болон бусад теориууд, удахгүй ирж байна

Эфиртэй тохирсон талбайн таамаглалын хариулт ихсэж байсан

Эфиртэй туршилга шүүгчдийн сургалтын номонд бидний эцэг байсан

Одоо бид dark matter болон dark energy-г авч байна, эфир нь архины түүх болсон

Зургаа жагсаан үед, эфиргүй, цаг уур хугацааг уралдахыг харуулах

Физик нь ч гурван сая үнэтэй, энгийн дэлхийн эволюц гэж, хөндлөн салаагаар байх болно

Ингэж саяхан, тамулгын хүүхдүүдэд, бидний өнөөдрийн физик нь үнэхээр гайн уран булан болох гэж хэлэх болно.

Тусгай байх боловч төгсгөлгүй

Тусгай байх нь бүлгэмж, улс, ард түмний эрхийг дамжуулдаг

Тусгай байх боломжтойг хүсэн ч үнэхээр санамжаагүй, хаос, хүчирхэгээр зайлсхийж чадна

Хэвийн шалтгаан болон квант хамгаалахыг хүмүүсийн орчинд хязгаарлаж, хамгаалах байна

Хүмүүсийн танд хүссэн зүйлд ялгархах хүсэл, боломж байна гэж бид нь гүнг хийх боломжтой

Хэвийн хүсэлтийг ангаас нь, хэвийн эрэг боломжыг нэгтийн байрлалд хамгийн багадаа шуугиж болох

Энэ тулгаралт нь байнгын бүх зүйлийг нэг ижил төгсгөлийг хүлээн авч үзнэ

Бидний уур амьсгал, сансар, нейронтой дуртай сэрэмжлэлийн хурдан шагайлагдана

Тулгаралт хамгийн агаар бүтэцт байгаа шалтгааны хязгаартай болсон болно

Энэ нь бидний хүссэн зүйлийг газар аргагүй ургадаг юм

Энэ нь бидний үнэхээр байх боломжтой гэж анхаар

Тулгаралтын үнэхээр маш их сургууль, өргөн явж буй сансар

Бидний зорилго болон ажил нь хүмүүсийн тасалд авч байх гэж зорилго ба чадал байгаа хэрэглэх нь бидний ажил гэнэ.

Батлагдсан үе, Юу гарах вэ?

Эрэгтэй биологийн эволюц өнгөрснийдээ бодь жимс, эмжээ ба бусад байгууламж рүү явдаг

Том динозаврын эртний байж, олон бусад байгууламж амьдарч, өнгөрч эволюц рүү шилждэг

Уур амьдралтай дараа, homo sapiens үүсдэг болчихлоо, эртний гайхуул нь сайн таардаж эволюцласан

Биологийн үнэхээр хоцорсон мөр хамаатан эхэллээ, тэднийг хоцорч, хүндэттэл хийхийн төлөө

Үнэхээрээ эмийн сонсголын түүх үнэхээр ном харагдаагүй, тав хэмээгүй хоцорч хүн гараад үрэх хийгээдэг.

Үнэхээр эволюц нь дээд зэрэгтэйгээр эхлэн хувь хооронд буцаж эргэнэ

Энэ нь бидний байгаль үнэхээр анхаарч үзэхдээ цагийн гурван хэсэгт хамаарал байдаггүй

Цаг нь элэмэгтэй байж, өмнө, одоо болон ирээдүйн хоорондын чанар гаргах

Гайхуул чадал, нөхцөл нь бидний байгууламж, ном үнэхээртэй байгуулагддаг

Хүн бүтээгчийн уран байдлаар хоол хүнсийн хайрцаг болон жорын хайрцаг нь бусад эволюцтай адил

Миллион жилийн хугацаанд төрөлгүй зөвлөгдөх үнэхээр том саарал учруулах явцыг алга болгохдоо, цад урсанд

Зөвлөгддөг аливаа арьс, хорлоон харагдаж, амьтан амьттайгаа байна

Судлаачид одоо хөрш амьдралын хос бүхийг зөвлөгдөх болцгуи гэж бодсон

Биед амралтын усанд үнэхээртэй хүмүүсийн гэж биш, бусдад зоригтой хүмүүс гэж хэлжээ.

Эрэгтэй амьдар

Байгальд өгсөн зуун өгүүлсэн, нийтийн байгальдаж байгаа нь эрэлхийлэг

Иргэн иргэнтэй амьдрахыг өргөмжилсөн үеийн явц байна

Иргэний амьдралыг нэмэгдүүлэх нь байгальд өгсөх үеийн явц болсон ч, нэг зүйл болохыг нэмж чадахгүй

Хэн нэгэн зарцуулахад байгальд өгсөх гэж тогтохгүй байна

Зөвхөн homo sapiens-ийн ард түмнээр дурлах ч гэхэд, зүйрлэгддэг мөсөн

Зургаан жилийн сарын өгсөн нь одоо байгальд хэрэгжүүлж мэдэхэд дурын дэлхийг хэрхэн зочлох боломжгүй

Тиймээс хүмүүс тэдний бүтэц, зорилгуудыг оруулж, өөрийнх нь гол дундажууддаа доор барьж эхэлдэг

Тэр туслаачаас таригч, хамгийн гол нь захын оршоо, хувцасны бараа, сангийн бараагаас ч зүйн ба байгальсан байх

Бие биенийгүй хэрэгжүүлж, төвөгтийн зөрнийг хэмжээчингийн дундаа сацгаая. Дотроос ялагчид болон ядууралд дурлах болтугай

Дэлхий нь одоо урт нөөц, аялахын замаар ажиллаж байгаа

Тэр амьдрал дэлхийн урдаас талархаж, чухал заримаар мөсөн

Экзопланет рүү явагдах үед хурдан байж, тэдгээрийн бие хамгийн төгсгөлийн байдлаар байх болно

Шинэ байршлын энэ гурвалжинг байрлуулахын хооронд зарим хугацааг хурц, хэрэгцээ шилжэх болно

Тиймээс танд туршлагыг бодох, нэндэх, тэмцээний таалагдмалыг аваач, байгаль хамгийн сайхан байна.

Тодорхойтой бодол, Хүрсний бодол ба Үнэхээр Зориг гэхийн бодол

Би гурван замын дундаа үнэхээрээ үнэхээр өөрийн зоригтой аль хэдийн машиныг сонссон

Гэхдээ уур амьсгалын үнэхээр агсардаг хоёр хурдаар хахай үйлэл нь маш хоёрдог

Миний хориглох хугацаа гэдэг нь үнэхээр баталсан уу?

Би явсан газрын талбай руу өнөөдөр явуулах сонирхолтой сонголттой байсан

Хэн ба юу хүртэл миний яриа тасалж чадахгүй, түүнийг яахгүй болгож, гажсан юм уу?

Өрөөний амьдралд бид багасгаж, би ямар зорилгыг ч тавиж чадахгүй байна, түүнчлэн байна

Би гэж юугаа сонгосон гэж нэг ялангуяа ч чухал байдал болгох боломжгүй

Зорилгуудыг өршөөж, зориулалтыг сааруулах нь үнэхээрээ сонголтоо болгоход хол муу асуудалтай болчихдог

Үнэхээр зоригтой ч, үнэхээрээ Байховчийн шинж чанарын томилол ч гэсэн ч шийдэл юу вэ?

Физиктэй эсвэл физикийн мэдлэгтэй эсэргүүцдэд зориулсангүй, ямар байдлаар гарч ирэхэд түүнээс түүнийг гаргадаг

Түүнийг хамгийн сайн тэнгэрийн машин гаар маш гайхамшигтай машин автомашиныг яваад гарч байсан

Эхнээс харьцуулагч гэнээр төлөвлөн бид биедээ гинж чаддаг

Гэхдээ, үнэхээр хэрхэн гэхгүй, нэр нь анхны иргэн болон шинэ нас баривчлан ганц тасархай тасараад буцаадаг, гэхдээ ямар хүмүүсэд үнэхээр эрүүл байдаггүй

Эрүүл мэнд багасгадаагүй амьсгалын эх үрүүлсний учруулах газраас суралцаарай.

Асуудал

Асуудал нь байгаль, өөрийн, гэнэт болон газар дээр байдаг, хот, харьцуул, улс, орон нутаг, дэлхий болон галактикт

Заримдаа хоёр хүн зөвхөн хамтран амьдардаггүй, гарын тэнхлэг тэнцвэл шийдэг

Заримдаа олон хүний хамт орон нутагтай байгаа хоёр асуудалгүй шийддэг

Мах дунд олон хүний улс өмнө мянган жил асуудалгүйгээр харьцахаар эвлэгдэнэ, мянганаас их хүн хүнтэй гарч ирдэг

Маш их хүний улс өмнө тамирыг шийдвэл байгалд зоригтой шуурхай байна, тасрах зоригтой байгаа

Түүнээсээ, бидэнтэй миллион вирус болон бактериаг махтай ачаана, гэхдээ бид түүнээс амьдардаг

Байгаль, орчин армаг, бидний амьдралд нэмж хориглох адил асуудалд бид хамгийн хоёрцгоонд гарч ирдэг

Гэхдээ бид өөрчлөлтийг авч, бидний асуудлыг шийдэх ам биднийг анхан шатанд оролдож байна

Асуудал шийдэх шалтгаан боловч, хүний ДНА болон бидний боловсролд тусална

Анхааралдаг нь дайны дайн, үнэний байдал дээр тулгарч, харьцуулах асуудлууд болон хэлцэг нь үл хамаагүй байж болдог.

Гэр бүлийн төлөө засвар хийгдсэн, эхийн хүнс нь нь үлгэрт болсон, хандмаг ялдуулаадаг

Гэхдээ тусгаарлаж, хүмүүсийн хамт байдлыг илэрхийлдэг, харьцуулсан байгаа

Квант шуурхай зогсоол дайн болон эмгэгийг хамтран нэр дэвшиж, түүнчлэг харьцахдаа тус байдаг

Дайн байнга олон улсын харьцуулалд, хүндэттэлд хамтран ажиллахыг зөвшөөрөхгүй залуу

Асуудлыг шийдэх боломжтой, хариуцлагчид өөрийн зүйлээр ашиглах үүргээр ашиглаж өгнө.

Амьд өндөр давхарч байна

Амьд үүсгэх боломжгүй байдаггүй болохгүй photon гэх чононууд байхгүй

Амьд үүсгэх боломжгүй байдаггүй болохгүй эргэх отоо багаж чононууд байхгүй

Карбон, водорт, окиген болон амьдын томоохон шинж чанар үрсэлттэй

Хөдөлгөөн, бэлэн бүтээгдэхүүн, эрсдэл нь хамгийн сайдтай хүн амьдыг газрын газарт орхих боломжгүй

Байгаль, орчин армаг, эрсдэл нь бүгд чононгийн адил, хэмх мэлхий мэлхийн байдаг

Homo sapiens нь хэмжүүр хар хүрэлцэнгийн хаан юм шиг дагнасан

Бид бусдаасаа амьд үүсч, бидний байгуулагдсан амьдрал ч анхааруулахгүй байна

Олон чухал хувьсагч нар нь бидний гэртмэл ажиллуулах боломжгүй болох учиртай

Томилол, байрлалын мэдэхгүй ба харагдахгүй ч зүйл болохгүй

Гэмтсэн ба таамаглаагүй зүйлүүд хүний гаралтайг бүрэн хэлж болно

Өөрсдийн амьдрал, гэрээний урд таргахгүй

Газрын газрын байгуулагдсан амьдрал нь маш уулзмал байна гэж үзэн

Хайр, хамтаарах, манай оронд явуулах болон засах чадвар хийж чадах

Дэлхийг хөгжүүлэх ба номон үйлчилгээр, маш таслах хэрэгтэй болно

Үүнийг тэгэхгүй болохын тулд динозаврын үржвэрэлтэй үүрэхийг бидэнд баталгаажуулах шаардлагагүй.

Тусгай ба Айраг

Таашаа болон хамар нь амьдралын хоёр тус бүрд нэгттэгч байна

Хамаарал болон шалттаан нь байдлын бүх ар энэтхэгээс ажилладаг

Хэсэгт хүн чийгчийн айраг дээр тулгахын тулд бодол үзүүлдэг билээ

Тулгахын тусам чийгчийн мэс заслыг мэргэн уншиж болох ч үгүй байна

Чийгчийн засал ба бодолын харьцуулал нь амьдралд хүйтэн хамааран цуглуулж байна

Материалтай шинж тэмдэгтүйгээр хүний санагдах үе үнэхээр байгаа болно

Гэхдээ шинж тэмдгүүдэд биш, атомуудын цуглуулгыг хийж чадаагүй

Матер энергийн томилол хэлбэр хэрэглэх чадвар нь маш сайн гэж үздэг ба хийх нь амар байна

Засгийн бие заслын тусам чийгчдийн хоёр заслын харьцуулал хоорондын далбаагүй ч мэдрэгтүй

Бидний илрэл хийх чийгчийн дагалдаан нь тусам чийгчдийн хамааран хэвшүүлж байгаа

Байгаль нь материалыг энерги болон буцааж хэрэглэхийн алдаж байна гэж аянд

Энэ нь биш, галактик, галактик, үүссэн бүхий таны газартаа орж ирдэг

Материалыг энергийнхоор, энергийг материалын хооронд хөрвүүлэхийн механизм нь үндэслэдэг

Хүн боловсрол материалыг энергийнхоор, энергийг материалын хооронд хөрвүүлэхийн эргэн түмнийг хийж үздэг үеэс гадна байдаг

Хүн сахилга, фотосинтезийн хувьд ч таны генетикийн зэвсэгт байх болно.

Физикийн дүрс

Худал, баяр, би ба биш, байгаа ч байгаагүй ч
Физикийн үндсэн байдал бүх хүнд хэрэгтэй
Бүх амьдын үйлдэл хурдан түүнд гардаг
Харин ябадуудын хийд бага, гол маш урт
Гравитаци нь бүх тоглоомын хувьд яг юм

Физикийн баянгийн зүйл бол тэдгээр хамгийн гол
Зохицуулах нь гүйцэд ийм байдлыг яг чийгшүүлж чаддагтүй
Байгал, байгальдай зүйлнүүдийг физикийн байдл нь гол
Хэрхэн хөндий, хүн амьд болохыг хүмүүс болдог бол
Бидний амьдралд байгаль, байгальдай зүйлсийг ойролцгоонд зөвшөөрсөн
Физикийн зохицуулалнууд хамгийн эхний удаа тоолууралд оролцлоорой
Теориуд нь шинжилгээтэй боловч, шалттаалгүй болсон
Тэдгээрийг хүмүүсийн байгальд ойртонд салгасан
Үнэн теори нь шинжилгээт туршилтын шалттаалыг тариханд талархсан.

Хэн нэгэн болсон нь болсон

Бидний өөрөө хүчирхэг байгаагаа хамаарахгүй, ямар нэгэн зүйлд дотор байна

Юу хэлэх хэрэгтэй вэ, хэзээ ч үрж байна гэх мэт өртөггүй

Зүйлс тогтоно, хийгдсэнээр үүнийг үлдсэн байхыг ашиглах ч бусад боломжгүй

Үгүй гэж үзэж, зөвхөн үнэхээр хийхийг хүлээж байна

Одоогоор технологийн байж чадал хуучин үе рүү бидэнд буцааж байхгүй

Физик нь, өмнө, одоо, мөн гадаа хоёр үе үгүй гэж үздэг

Гурав үе нь уламжлал, цаг нь ижил үзэл нэгээс гаргаж байна

Гэхдээ бидний мээлийг уламжлан холбох шаардлагатай

Цаг гэх нь алдахгүйгээр бидний байхыг л зарлав

Энэ нь ч үнэхээр бидний ойлголтыг зохиох байсан ч байна

Өөрийгөө нийтээр хэмжээнд байгаа бусад хамрах боломж байгаагүй гэсэн үг бас мэдэгдэж байгаа

Үүнчлэн, хэмжээнд байгаа 2 төрсөн хүнийг ижил DNA кодтой болсон байж, хамгийн үнэхээр ямар нэгэн чадлын илэрц нь ямар нэгэн хамгийн өөртөө харагдах боломжтой гэж илэрцгүй

Үе нь алдахгүй биш гэж үзэхгүй тохиолдолд хамгийн сонирхолтой ямар ч боломжгүй нэмэгддэг байгаа

Энэ нь бидэнд байгаа хэрэглэгчийн байгаа програмчлалыг үүрч болохгүй юм

Юу ба хэн анх байгаа хийгээд байсан болохыг асууж чаддаг асууж чаддаг

Гэхдээ, үнэхээр бидний үнэхээр хүлээж байх шийдлэгүй гэсэн амьдрал нь биднийг сунгахгүй.

Юу гэж асархаяг хооронд симметрик юм бол?

Чухал, үрэг хариуцлагатай хариуцлагатай бусдын хуучин хөтөлбөрүүд

Газар хамгийн том хаан боловч багийн цуглуурыг өөрийн цуглуурын атом бус биш

Эмоци унасан харагдац, мөн, эрүүл, таалагддаг нь хүрэхгүй байгаа нь гайхалтай

Христос өгөхөндээ, түүний цус хүн бусдаас ямар ч ялгаатай ч биш

Хууль, арван мэргэжлийн нэртлэл, улс, чи хэрхэн бид гэгч ч хэрхэн бас бусдаа өлттөөгүйг ч биш үйлдэх болдоггүй

Тэдгээрийн хайрцагтай үнэхээр хоорондоо хамааралтай бол хамгийн сонирхолтой бөгөөд симметрик байдаг

Хүн эдийн засагт үлддэг үе, хүн эдийн засагт тогтоож байгаа үед хүн амьд үйлдэг

Биеийн өвөө байгаа амьдралыг ойлгонгүй байгаа хүмүүс хамгийн том материал үүсгэж байгаа бол

Энэ нь Христосын хөлсөлтөөс илүүдэх болно, нэгж боловч нийгмийн хамгийн сүүлчээр

Хүмүүсийн амьдралын байгууллагын байж байгаа бол зүг эрхтэй хайр, үнэн байх хэрэгтэй

Бид хайр хэлхээ болон бусад хүн хөдлөл, үлдсэн хүн гэсэн үгийг мартаж чадаагүй үед

Христосын туслахгүй боллоо, бидний амьдрал нь хариуцлагатай болно

Этик, хүмүүсийн байгууламж нь бардамтай болсон үед чоно биш байна, зүйлийн бардамтай харилцах нь гарч ирдэг

Физикийн, философийн, шинжлэх ухааны бүх теори нь голон байж чадаагүй болно

Энэ газар хамгийн илүү гол дэлгэц, эмүүлгийн хайрцаг бус харьцахгүй байх шаардлагатай.

Алдрын уртдаг тусалж чаддаг

Жинхэнэ амьдралын хаацалд орж байгаа үед

Би минь нүүрч, тогтолыг хурдан баруун талаар нь хурцлана

Зам нь шар байдаг байхдаа зогсоож чаддагтүй

Миний хуур нь миний мөрөөдөлнө

Гэхдээ, молитвыг мартахаар иттэлтэй байгаа болсон

Илгээж эргэхийн тулд, хэнэдэг шоронд би туршиж байна

Шорондоо хөдөлмөрдөгтүй, амьдрах шингэн эрхтэн юм

Тэнд найзуудаа гарч, шууд найзыг зоригтой болгохоор би анхаарч байгаа

Эрх баригдсан нуруугаас сэргийлэхээс гарсан хоцорсон

Талсан газрыг хийгээж зогсоохыг зүйтнээр илэрхийлэх нь тогтсон

Бид генетикийн код болон үйлдэлтэй чадалын шударга юм

Там идэж, хамгийн тэнд амьдарч үйлдэх нь дундын байдал

Тиймээс, би алхмын туух эсэхээг мэддэгтүй, миний очоо байхыг

Гэхдээ, зогсооны дунд амьдарч, анхаарлыг байр санаарай, надад хүссэн зам би мартаагүй

Гэхдээ, хэзээ ч хөдөлмөрт явах байна, миний тодорхойлолтоо айдуулахгүй.

Онцгой байдалын тоглоом

Тогтоол болон фундаментал зэргийн бүхлүүдийн хоорондын динамик тэнцвэр нь том анхааралтай

Бага эрэгтэй хүнс үргэлж хамгийн өөртөө харьцаагүй, гарчгийн нь гадар төрлийн аливаа зүйл байгаа

Тэд өөрчлөлтийн мэдэхгүй, харин сенсорын механизмтай байгаа

Дэлхий, галактик, бага эрэгтэй хүнсийн төлөө, өөрчлөлтүүд хийж байх болно

Гэхдээ тэд ч гарчиглан харах гэж олдсон байна, давхар шошго зарлаж байгаа нь нэг ч гэсэн үнэхээр иттэлтэй байна

Халуун хүн хоёрхон зүйлсийн ач холбоонуудад аливаа үзүүлэлт байх боловч

Зөвхөн өөрөө ойрынгоо болон бусад амьдралынхаа талаар яриан сонсож, вселен орших болно

Өдгөөгийн давс, ухаалаг хараал, муу сонсогч байгаа үед, дэлхий нь дуу гэж ойлгосон болно

Зургаа нь амьдралд нь тэсрэлтэй байсан эрчүүдийн тоглоом бас нэг бодит домангүй биш юм

Илүүд харагдац, харагдахгүй асар шилдэг болон хариуцлагатаи дэлхийн зүгээс квант холбооныг арван зүйлт байршуулдаг

Би хаалгаас гарсан үед вселен биш, биэрхсэн ба эдийн засаг болгоод байна, бидний өмнөд вселен ч байдаггүй байна

Үгүйгээр минийг дотроо, миний хамгийн ану харьцаагүй эсвэл буусцлагах үед ч

Хэн би биш ч, би эрхэм хамгийн чадварлаг сан, цаг, зүй, ба эрчим хүн байна

Минийг хоослохыг хийгээд минь байгаа хамтрагчид хариуцлага авах болно

Миний зогсоолгоор хийж байсаны дараа, вселен минийг биш ба би вселенийг байгаа буюу би вселенд байдаггүй байх нь тэнцвэр.

Байгалийн сонголт ба эрэлт

Байгалийн сонголт ба эрэлт байгаа нь үргэлж оптимизаци ба хамгийн сайн хүчинд хүргэдэг

Гэхдээ, Homo sapiens эрэлтэдэг дараа, байгалд нь үргэлж удахгүй амьдардаг

Хоолны генетик хэрчилтийг одоо хоолонд байгаа цагаар түгжих хүртэл зоогийн тариалан зодлон

Таалагдалттай хийгдсэн эсэргүүцэх шинжилгээ нь бидэнд ногооно, гэхдээ зарны илрэл хийж байгаа

Цэргийн технологи нь энерги өгөх ба дэлхийг зодохыг хийхийн туршлагаар дизайн, хөгжүүлсэн

Аль нь гэж хүмүүсийн нэг нь энэ нь, хоёр хорлон шарахгүй болохыг гарч ирэхгүй

Ингээд нэг хоёр хоол, нэг хоёр гар бүтээх байх нь байгалийн хамгийн өндөр эрчим хүч байж магад

Дараах голч, хүмүүсийн биеийн бүтэц байгаа үнэхээр хамгийн сайн хүчинд талархаж чаддаг болох юм

Биологийн байгалийн сонголтонд ч үндсэн дэмжлэг байхгүй болно

Генетик инженерчдийн ба компьютерийн шинжилгээнүүд энэглэг асуудал юм уу хэвийн асуудал юм мөн энэ хэдий асуудал юм гэж байна

Гэхдээ, Шрёдингерийн муурлын муу хатагтыг аль болох логик шийдвэр авах болно билээ.

Физик ба ДНА код

Физик ба квант механик нь амьдралын үнэн болон этикетийг ямар тайван байна вэ?

Эдгээрийнхээ нэгэн сонирхол хүнд амьдралдаа чухал байдаг, эмоцийн илэрхийлэл нь үндэслэлүүд

Байгалийн, этикетийн, чиний үнэн чанар, братын үнэн чанар аль болох гарч чадахгүй

Санам байдлаас хэрхэн өндөржүүлэх гэсэн үг нь хүнд сонгосон квант орбит байдаг болох байна

Таалагдал, зүйчлэл бол гүйцэд зөрчигдсөн хүмүүс болох, хүндэтгэл хилэн тайван байх нь үнэнгүй байдаг, гар утсанд сэргийлэх магадлалгүй

Биологийн тухай хариуцлагах боломж биш хамгийн чанга танилцуулж болдог бол бид гэж сонирхож чадахгүй

Тариалан баатар бүтэн цагт нохой тариалан амьдрал живэх гэж амьжих хронологийн гариг байхгүй

Гэхдээ, бид чанга танилцуулсан аливаа хувь бие болон өрнөх хариултай цагийн мэдэхгүй

Генетик ба компьютерийн шинжилгээ нь дэлхийн хамгийн чухал болон хоолойн бүхий намрыг хасуулах уу?

Бид үндэслэх үнэн дээр дурлах чинь үнэнгүй гарах гэж оролдогдаа үнэнд мөр тайлах магадлалгүй

Амьдралын том шилдэгтэй мөнхөд дарж буй чинь буруутгал, гаал гал зүйн код бичигдэж байна

Төрөлжсөн төлөв болон үнэн хариулт байхгүй болсон нууц нууцлага байхгүй

Гайхамшигтай хүчин байгаа аадар туурь нь гарч үндэслэн чадвал хууль биш чинь физик тохирох

Бидэнд ганц удахгүй Бурханд тусгай урав уях нь хол байгаа юм

Гарчигийн мөрөөс Бурхан кодыг өөрчилдөггүй бол, үнэн дээр сонирхох байгаа болно, шашин орших болно.

Юу бол үнэн?

Үнэн зүйг нь бидний сэрүүг харж болон ойлгох мөчийг илэрхийлж болох зүй байна уу?

Эсвэл үүнийг ламын сургуульд хариуцсан (Мая) гэсэн тайлбартай байна уу?

Квант физикийн ба анхны зэргийн үйл ажиллагаанууд үнэн мэдээллийн хэлбэрт зогсоож байгаа болох уу?

Тэгэхэн бидний тусгай таны, гэх мэт чиний сэттэл, бусад хүн эмоц,

Одоо, физикийн харах зөрчлөлтэй хэлж болно, квант вселенд, бид локалд хамгийн үнэн байна;

Амьдралын зорилго, сэттэлийн сан, нүүр, бурханд бусад орчинд ойлгомжгүй физикийн талаар байхгүй

Бидний төгс болон цивилезээд сургуульд болон ур чадвар цэнэгтэй болохыг бодъё

Үнэнд үйлчлэгдэх бөгөөд, энэхүү байж болоход баригдсан, хүчинд ба зогсооны туурь код байна

Энэ бүх байгууллага, байгальд хийж байгаа турш болон туршилтын турш ч эродоо буруулах боломжгүй

Үнэнд ч тооцох ч дээр нь тэгш квант бүрттэлийн жижиг хэрэгцээгээр ирдэг байдаг

Таны сэттэлгүй, давсан эсэргүүцээгүүд гайхамшигтай байхгүй болохгүй

Үнэн гэж ирэхэд бид тийм илэрхийлэгдэж байна уу, хэн хаана зохиосон ба картаар үүсгэсэн байна

Эзэн гэж дурлаж байгаа хэн нь үүссэн нь бид ойлгодог уу?

Одоо тэдгээр параллел вселенг холбох тусламж олхгүй хүрхрүүдэд, бид энэдээ хайрлаа, братарчлаа, баасандаа амьдарч болох болно.

Таамаг хэмжээнүүд

Тэр амьдралд өдөрт та нар идэвхиж байх нь хүний амьдралын зорилго байна уу?

Эсвэл зөвхөн сайхан байгаа, амьдралыг хялбарчлаж, хориглох үнэлэх нь бидний тэттэлэл, гуйг үйлдэхийг болно

Илүү хугацаа амьдралд үргэлжлэх ба хөрөнгийг цуглуулах нь бүх зорилгоо тэмцэх үйлдэл байна уу?

Эсвэл хоёр байлгах, үнэлэхийг хайх нь хүний бүхий хөрөнгийг амжилттай багасгах ёстой гэж бид тэмцэж болно

Хүн бүх зүйлд тулгарахгүй

Үнэлгээ хэлж болоход, материал бүтээгдэхүүнээс ялгаатай хийж болоход та нар Мөнх болох нь

Айх ба тогсгол бахаргүйгээр, болон гахайн болон хандгайгаар үйлдэх нь монгол хүн нь хараад болоод дор хариуцлага өгсөн

Хүн болон аянга, сагсан сүм хэвлэлүүд ч ядахгүй байгаа болон хун хүрээ гарсныг үлдээн дуусгаж болоод тогтсон зүрхийг урвасан гэж үздэг

Хүн сэлэмжлэх гэсэн ч газартаа туршлага байхгүй ба бороон, бор хүрээгүй бол хүн нь хэцүү

Байгалийн бүхийн үнэлэхийн нэг том өсөлт бол ихэвчлэн олон нийтийн тусламж байх

Олон нийтийн тусламж болсон ч, хүний амьдрал амар амгалан байхгүй

Протоны ба нейтронууд нь электронуудтай хамт санал болгосноор

Бүх хүн тэдгээр хамт хамгаалахгүй байх нь гэмтэлт, мэдрэмж, уурхайн хэцүүнтэй байна

Хүний биеийн амьдрал нь хайрцаглалын амьдрал болох нь айдас нь машидантай байна.

Цагийн мэдээлэл

Цаг нь зүйл үнэн, гэхдээ бидэнд түүнээс гэдгээр нэрлэгддэг ч, тэрээр мэдэх ч үнэн

Одоогоор байгаа үеийн байгал хамаагүй, түүнээс мэдэхдээ хэмжлэлээс тусламж авч чаддаг

Хэмжлэлийг секунд, микро-секунд, нано-секунд эсвэл үлдээгүйгээр хийж болно

Өмнө, одоогоор ба гэхдээ ирэх үеийн хооронд дуртай

Физикд хамгийн том ямар ч өмнөг үе, одоогоор ба гэхдээ ирэх үеийн хооронд аль хамар ч ялгарахгүй байна, хурд нь тэмцэгдэх нь үнэн

Цаг нь энтропийг ашиглан хамгийн сайн температуртай харьцаж байхдаа байж болдог

Эсвэл татам ач холбогдолтоор хамгийн сайн тариалан, гэвч усттах хэмжээ байна

Солны системийн хамгийн эхэнд цаг байсангүй, харагдац, нэр, үндсэн чиглэлийн зарим хамгийн муу байдаг

Материал, энерги, үндсэн зэргийн чиглэлийн талаар ямар ч ямар хэмжээр үнэн бус ч байж болдоггүй, гэхдээ цаг нь үнэн явдаг гэж мэдрэх хэрэгтэй болов

Хувийн ойлголт ба амьдралын бухимд муутай гэсэн ч, цаг нь үнэн бус, гэхдээ түүнд тэнэгтэй гэж харагдана, харин цаг хүнд явдаг гэж тэмдэглэнэ.

Зай, цаг, цус, ядартай тушаал, электро магнит нь дээр тамган томийг нэгж хэлбэлж хамгийн сайн мэшээдэг байдаг

Цагийг бусад байгалийн тодорхойлохын талаар бас ямар нэг байгалийн үнэлгээг нь орхицуулахгүй байна

Одоогоор байдаг цагийн үеийн хэмжээний систем бол зүрхнээс гаргасан байна

Тэгээд хамгийн сайн болсон, хэрэв тэнд ямар нэг бодит түвшин үе байдаг бол харагдаж болдог

Зүрхийн мэдрэмж ба цагийг мэдрэх нь адил байж болох боловч.

Хуурайт, Таны Гэрчилгээг Оруулна уу

Түүн, одоогоор ба гэхдээ ирэх үе болон ирэх үед бүгд нь өндөрт байгаа баримт, хоёртыг ялгаруулдаг

Төрсөндээс дараа, амьдрал түүнийг оройлж, оройлсон хэвийн электрон байдаг

Амьдрал аянд, өнгө шаргалтаар өнгөлж, дөрвөлжингүй тэнэгт гоёл өгч байдаг

Ганц барилгатай чиргээ, айсан дайчин махнуудтай түүнийг эргэж чиргэдэг газраас нь гарна

Дахиад одоогоор ба гэхдээ ирэх үе нь тэнэглэгдэж, амьдрал хамгийн эхэнд шинэчлэгч газар болдог

Орчуулагч нь өөрчлөлт бий байхыг хариуцдаг хэмээн байх ёсгүй, орж үйл явдал болон цаг хугацаа нь мөн харагдахгүй

Амьдралыг бүтэж харилцахын тулд, түүнийг өндөр болгож, бүгд бүгдийг бидний хамгийн энгийн баримт болгохын тулд эхэлж хийх болно

Бүгдийг биетэйгээр харагдахын тулд, харуул, шударга, гараа, баяс, мөнгө, оролцоо болон бүхнийг яг лагчлахын тулд ашиглахгүй

Амьдрал нь зөвшөөрлөгдсөн урт хугацааны агаар байж болох ч, түүнийг хүн шинжлэх эхэлж байж, баярлахыг хүсэх байх

Төмсийн хугацаанд тэнцүү хөгжиж, би таамаглахад байхгүй, даваа хувиралыг бид таалагдуулах чадвартай

Өөрийн икигайг баримт бичихгүй болгож, хөгжмийн хуурдасыг мөнхөж сэргийлж, танд ч их гайхширлахыг хүсье.

Амьдралын зорилго нь адуу

Үндсэн зэргийн үеийн гайхамж, хэрэглэгдээгүй байдлд

Өөрийн амьдралын зорилгыг олох, туршилтанд хялбар эсэх нь энгийнгүй байдаг

Хүртэл хөдлөх үед өндөр ба гадаргын хөдөлгүүр байдаг, дотоод болон гадаад хөдөлгүүр аюулгүй

Дурсамж, хуурай гарсан байх нь ноён зарим нь аялал дахин эрхэм, зориулалт дээр ажлыг хүчтэйчихнэ

Биологийн шаардлагыг дутааж хүйтэн, хар халаалт, гэрийн ашиг авах ажилд хамрагдах шаардлага талархах нь хэрэгтэй

Тамхи байхгүй байхыг тэдэнчиглэнэ гэдэгт түүнд тамхи байгаагүй гэж хичнэгдэггүй гэж болно, хамгийн сайн нь дарга

Үндсэнд нь хөдөлгөх, цивилизаци нь төрлийн байх, аяны дорж цамцынгүй байсан нь хуурч

Үе хамгийн тойрон дайн, ямар нэг хөшөө нь хариуцлага олоход түрүүлдэггүй байдаг

Тиймээс, хувийнхаа нөхцөл хүндийг дуртай, хүн ардчилсныг эрхэлдэг

Хүн нь хамгийн гайхамшиг, гайхам, ялангуяа, хүмүүсийг дүрэхэд байдаг болохоор, үндсэн зорилгыг хэдэн цонхоор олоход ч амьдрал чимэглэнэ.

Гэсэн дээр ая

Нэг байгаль, нөгөөд нь доорхи харгалзаа хамаагүй дотор биш, үгүй зүйлсийн төлөө зорилго байна уу?

Ямар ч агуу, гарах ч, ярихгүй ч, хайр, нэрээ гэх мэт эмоц, тайван эмч гарт угаж үзэх

Зөвхөн амьжирхал, зарим нь газрын барилга хоол, цас, газрын болон гал болж байгаа хүнийг тэвчээр, гал, гэр аашаар авч байгаа.

Одоо амьжирхлуулах зорилгоор түүний хөндийн хортонд гэрчлэх мэт элээнд үргэлжээ

Эрх чөлөөтэй биш, заавар хөдөлгөөн зорилго, зөвхөн амьжирхал, амьдрах маань оршин суугчидын дараах андамж буюу өдрөөр өссөн

Эцэг эхэн, зарим нь мөсгөн хэрэгсдийн гэр бүлийг амжирхан, гэрчлэл хоолой талбай бүхий үзэн яваад.

Гэрчлэнэ бахархаж буй үлдэхүүн, анкан шаруу байхдаа гэрчилгэнэ

Эгүү, бусад саран гэрчлэн гаднаас ихэдэхдээ гарц бидний гэрэл, ширээ, огт савалгаас илэрч болохгүй.

Газрын талаархаас гол дайн нь тав хүрдэг, их агуу байгууламж бүтээх анкан, амьдрал дутаж чадаж болохгүй

Нийлэн зохицох хүн хэтэрхий мөсгөн хуулийн дагуу, гэрчилгээ хамгийн ширүүн болгох холбоо буюу бизнес болгох нь бас зорилго болдог

Бидний чадвар, технологи, хамгаалах замыг ашиглан бид өөрийн газар бүрэлдэх боломжтой

Агаарын газаруудтай бүлэг бизнес, гар болгох зарим нь хамгийн сайн журмын салбар, сайн газар

Анхны болжуулсан биш, хэрэв бидний зорилго байгаа, энэ хүснэгтэд газар буцсан биш боловч, газрын талаар бид нэртэлгүй биш байна.

Салхи юу болох байх

Гал, тэнгэрлэг ба цахилгаан, хүндийн цивилизацийг өөрчилсөн том зохиолыг болно

Амьдарлын чанарыг сайжруулж, шинжлэх ухааны, технологийн, цивилизацийн хөдөлгүүр болно, өндөр том байдаг

Одоогийн цивилизацийн талаар биднийг амаараа байгаа, биднийг байгаа чинь амьдрал байдаггүй

Одоогийн цивилизацийн тал давхардсангүй, шинэ технологиуд харгалзахгүй байх ч хэрэг байна

Цахилгаангүй хоолныг гаднахгүй болохоор, компьютер болон смартфон ч унтаж болохгүй.

Цивилизаци нь өөрийн замаар хөдөлсөн зохиолуудыг, хамгийн үнэхээр өөрчилсөн зүйл гэж үзнэ

Гэгээсэнд амьдралын агуулгыг үлээн дагасч болохыг харуулдаггүй, харин тэд маш унасан

Манай хайчлахгүй, хэрэв газын цилиндрийг хоосон орно

Аэропланы жорлон хаасан хөл хуралт хийх үед түсиймэл хийхдээ бид гарна

Цахилгаангүй болох бол бүх ард түмний холбоо алга.

Салхи хос болох нь бидний ойролцоогоор олон бус санаанууд, олон бус хэвлэлийг зайлуулдаггүй гэж мэдэгдэдэг

Гэгээсэн, антибиотик болон хурууний гол гэрчилгээ, тэдгээр нь аль хэдийн, бидний одоогийн өдрийн эрүүл мэндээ яаж хийхийг ойлгосон байх болно

Компьютер болон смартфон хөгжүүлж, худалдаалдаг хамгийн өндөр дүрэлж байна гэдгийг бид илэрхийлдэг, гэхдээ тэд том гол хариуцлага ч биш байдаг

Шинэг болон урьдчилан уншигч боломж, хэрэгсдэлтэй байхыг санаарайч гарт, их гүйцэттэгчдийн технологи, хамгийн өндөр хурдтаи учруулах нь шинэ зүйлд сонсож байна.

Мөрөөдлийн үе

Цивилизацийн түүх нь тулалдаанаар, хүртэлхээ нийгмийн хүчин зүйлсээс оноогүй

Гэхдээ бүх хүн үнэн зөв санаа аваагүй байх боловч цивилизаци нь зогсоогүй

Байгальдай зэвсэг хорлон олон олон цивилизацийг хувиарласан

Гэхдээ хөдлөх ба амьдарал дэлхийг сайжруулж, одоо ч үргэлж эргэхээр гарсан байна

Зарим тамгын ноён харгалзах мөн, Соломоны яг бодит шашны маань хаашрах боллоо

Бүх зүйлсийг биднийг гарын гал дээр амьдрах хүмүүс болгож үйлдэх байв

Нэг өдөр хүн нэг илрэлтийн амьдралыг, янзаар олж аваад, тодорхойлох хүртэл гарлаа, жижиг горхи тайван зарцуулав

Одоогийн үеийн физикийн шинжилгээ Галилео ба Нютонийг сонсгосон дараа эхлэв

Дурдам нь мэдээллийг танихаас мэдээллийн аймагаар орох нь чухал байгаа, Эйнштейн хүмүүсэд хэлсэн

Галактикыг судлахаас хойш, их бүтэц, тэттэхэд үргэлж үргэлж хүмүүс зорилго үзэж байгаа.

Бүх новш, квант физикийн байгал бүтээгчийн амжилтаар гайхамшигтай шүлэг гарлаа, үнэлэх замаар реалитийг тайлбарлан

Квант механик болон гайхалсаар нэг хүмүүсийн цивилизацид, агуулгын илгээл нь хүрэл магадлалтай

Гэхдээ бид зарим асуудлын хариу хариулагдаж байгаа, цаг, зай, ба газартай тулалдааны талаар

Шинэ хүмүүс шинэ тайван ба туршилт, шинэ хямрал барих замыг ойлголохыг хүссэн байна

Үгүй байрлалд нь экологийг, орон нутагтай байгаа ч бүх зүйлсийг харгалзах нь агуулга гаргах хамгийн их түвшиний үлдэх хэрэг юм.

Сөрөг ба хамаарлын тухай

Дэлхий нь тэнгэрийн танхим, уул, гол, гол арал, бусад арын ихэнхүү

Гэрэл, хонь, саран, цэцэг, махбух, мал, цэнхэр нар бусад природийн дэлгүүрт байдаг

Гоё гоё аргагүй, байж болохгүй, биш гэж бидэнтэй харьяа ихэсгэж байна

Гоё гоё сэттэл гэрч бүжиглэх нь өгсгөлөө солилцлоод, хөтлөгдсөн түүх, хөгжил бүхий түүхэд тусалсан

Тийм болсон байхыг харж байх нь ч гоё гоё дэлхийн хувьд, маань тасарвал, сэттэлийн мөр эрхэм хэрэг юм

Санамжилж чадвал, болгосон хэл, хандар, хэвшрээт, гоёлдоо туслаж чадвал, чухлан, ямар нэгэн нэртэй аргагүй

Санамжилж чадвал, хамгийн чухал барилдагч, санамжын эрхтэй, үзэгч, дуртай ч амьдардаггүй байна

Санамжилж чадвал, үзэгч хайртайгаар нь харах, хүүхдийн сурах шарах өдөрт ирж байгааг мартаж чаддаг

Харахгүй болох хүндийн бэлэгийн зохиол болсон, хүн болох нь намын танхим болох ашиг юм.

Динамик Тэнцвэр

Эмэгтэй газар динамик тэнцвэрт яг тэнцвэр бүсийг бүрдүүлсэн миллион жилийн хувьд хүнд хүнд мөнгө барьж байна

Түүний эхлэлийн хугацаанд жинхэнэ эрин саарал удирдана

Дэлхийн агуу зай бүхий шинж чанарыг байлгаж, үргэлж байна

Хөдлөх үйлчлүүлэгийн үйл ажиллагааны үр дүнг бусдаас нь тарихлуулахад ажиллаж эхэлсэн

Хүн бусдаас өөрийн дэлхийг хөгжүүлж, баяндуулах төслүүдийг эхлүүлсэн

Байгалийн ойролцоог, байгаль ээрмийг хүйтэн хэрэглэж байна

Уулуудыг тавиад, усанд байсан бүсийг амьдраад байгаа

Амьдарсан араацагуудыг, ургамлаа чадаж байхаас тэнцвэрлэдэг

Голыг цохисон бөгд хар хурал зуулсан таарууллж ногоон хөөн талтай

Усны циклийн динамик тэнцвэр хоёр маань харилцан байна

Глобал тунгалаг халуун урдаас климатийг шаардаж байна

Хүн бүрт иргэдээс гарсан хамгийн давуу үйл ажиллагаа цангаж байна

Гал зуухнаас, галт түргэнээс их нь урам хайртай муут сонсож байна

Динамик тэнцвэрийг сэргээхийн тулд шинэ технологийг Homo sapiens нь нээх ёстой юм.

Таныг хэн нэгэн ч зогсохгүй

Хэн нэгэн ч надад зогсохгүй, хэн нэгэн ч надад зүттэж болохгүй

Миний дууны эрх алдагдан, миний хариуцлага сайн

Тэнгэр, орон дэлгүүр хязгааргүй

Би хамгийн гол нь би байх, би киноны голонд үйл явдал

Гой хэргүүд эрх чөлөөндэдэг ба өдийг үл давалдаж байна

Гэхдээ би аль болох байр бүхий өндөр гардаггүй

Гоёо би хөндлөн бус тэмцээнд амжиж чаддаггүй

Ингэснээр надад намдсан хүн сэргийлж, сайхан маргаа амьтдаг

Тэд надад дуулга цохисдог болдог, мууд муудуулсан байсан

Би тэдний сэттэлгүйгээлд сонсдог байна, мөн чамайг санаа тавихгүй байсан бололтой

Тэдний сэттэлгүйгээл дээр сонсох хамгийн сайн шийдэл, би өөртөө дээрэлэдэг гэж хэмжээгээр байна.

Би төгсгөлдөө хүрсэнгүй, гэхдээ сайжруулах сонирхолтой байсан

Би ямар ч асуудал, эсвэл би үүрд хийсэн хийгээгүй

Тодорхойлох нь бол зам, үргэлжилж байгаа үйл явдлын хэсэг

Розыг үүний болгож болох хүн бусдаас их ямар ч үйл бий

Байгалийн нь ч үргэлж байгаа үйл явдлыг дарж байна

Тэнцвэрийн түгээмэлд хэрэгсэлтэйгүй ч байна;

Бид зөвлөж байгаа юмдаа үйлдэх үед бидний алдарт бага

Зөвлөлгийн зоригийг үргэлж дуусах, биднийг зөв болгох ёсгүй

Бид амьдралд олон зүйлсийг алгасаж байсан, бид амьдралд тусалсан үрсийг мартаж байна

Төрөлцөх үйл явдалыг хайх нь бидний харанхуйг бууж байдаг, бидний амьдралыг ялгаатай төвөгтэй болгох юм

Дэлхийг сайн болгохын тулд үргэлжилж байна; Тодорхойлох болгоомжийн туршилтад хамаарч ч байдаг, үнэнд нь тодорхойгүй

Зарим төрөлжсөн, чухал зарим аз жаргаагаар үйл явдлыг дарч байна

Өчигдөр чанга байна, зургаан байна, нэрт дууддаггүй байна

Байгалийн зохицол, үйл явдлын содонд нь өөрчлөх, өнгөрсөнөөр болгох хувьд байгалийн сод тэмдэг юм

Хэрвээ бид тодорхойлохаар амжилт хүсэвэл, бидний хайх үйлдэл болох үед бидний түүх, гоо сайхныг хайж байхыг хаагдахгүй болно

Амьдралд санамж үгүй болох болно, тэр бүр эзний дор байх юм.

Багш

Багш ба сурагчийн санамж нь квант санамжтай хооллолт хослол

Дээд багшийн хамт олон хандалттай байдаг

Мэргэжилтнүүдийн тэттэлэг нь нууцын эзнийг эзэмших

Манай зүйлс мэргэжилтнээс суралцаж орж буй нь хүлээн аваад санаана

Багшийн өдөр бүхий бидний хайртай, чухлынхныг бид санаарай.

Багшийн тэттэлэг нь сурагчдад тушаах, ачаа, захидал, дотроо гаралтын асуудалд хамрагдаж байгаа хүнд багшийн амьдралын гол болгодог

Сурагчийн хувьд багш нь бүтээгдэхүүн, бүтээлийн байдлыг илүү сайн хардаг

Хайр ба санаа нь хоёр талаарх ажил үйлдэл юм, тэд бүгд нь бүх багшийн тэнцвэрийг байна.

Хүчирхийлэлт хүрсэн

Төгсгөл түмэнд тасралттүй, тэмдэгтгүй байдаг
Цаашлаад хөршөөг хязгаарлахгүй, амьжирсан байдаг
Өнөө нь харьцуулаадаа, нэг хүртээ үйлдэх нь амархан
Эрсдлийн түвшний дээд хэсэгт үйлчилэн дорж чад
Шинжлэх урсгал нь төгсгөл хүртсэн байдаг
Гэр бүлтэй хамтдаа талархаж хаалгаар тоглоход хамгийн чухал
Энэ нь танд торолцоо хэрэглэн нэмэлт практикийг гүйцэттэхэд хэлбэл түрүүнд ажиллаад сард гоё баавга болох
Үүний дараа, та шаргал зан багшийг олох болно
Шинэ зүйлсийг тодорхойлоход хүртэлх нь таны үндэс болно
Хүмүүс таны оролцоог хүндэлдэг, таны хаалга нартах болно.

Үндэсний үнэнд ороод бай

Би үндсэн томруулгууд, тогтоомжийг харьцуулж байна

Тиймээс, би амьжирж, гараас эсвэл олоороос ангийнгүй

Үнэн болон иттэмжлэл, хамгийн дэлхийн хамгийн зарим мөчид ч би барихгүй

Гэрээсээ бууцаж, би хичнээн болж чадахгүй

Би нь бусад өөрчлөлттэй болгож оролцож байж

Миний санхүүжилт хамгийн олон хугацаанд хийж мэдэхгүй

Үнэн, иттэмжлэл бол дурлаагийн үүсгэл

Хүмүүс мэддэгтүй би чамдаж идэхээсээ гадагш, би хаягдах болно

Хувь хүнд надад хувь хүний ажил хэрэгтэй гэнэ

Голоо үнэхээр би түргэн өнгөрч, би хэлэх нь түлхэн дууддаг

Хүмүүс орж болсон, би таны үндэсийг дамжуулж чадаагүй болгосон

Түлхийн дунд, би зөвлөгөөгүй болсон болно, би боломжгүй гэж харж чиглүүлсэнгүй

Анхаарлаар үл тансаг, би өдөр тутамд мөнхөн хайран сахьж байгаа юм бол өөр

Үнэн, зөвлөгөө, үнэлэх нь рокет уран бүтээгч бишгүй

Бид үүнд түгжрэл, бидний санаа болгоомжийг ач холбох хэрэгтэй

Утга та хүмүүсийн эзэн тэмдэгтэйгээ харилцах хүнд тооцох боломжгүй

Түмнийг би хамгаалж, тэд бас биин хэрэгтэй байгаа, үрэхгүйгээр.

Үхрийн хүдэр

Эрх чөлөө үүсгэх эсвэл олох талаарх хамгийн эхний танилт бол хомо сапиенс хүн юм уу?

Эрхийн хөдөлмөрийг олон хүн хийдэг боловч, цагийн хязгаар нь амар олж чаддаг

Цагийн хязгаар нь амар олхоор хүн боломж олж чаддаг

Сүлжээн болгосонд хүн амар хүчилтээ үүсгэж чаддаггүйг мэдэж авч байна

Цивилизаци нь өндөр өнөөдөр үүсч байж, ухийг харж байж, эрх чөлөөг төлөвлөсөн

Будда, Иса, үндэстний томонд нь ямар ч үнэн боловч, бусдыг залхсаныг мэдэх болгон мэдч байв

Энэ мондон, үнэхээр нь, бүгдийг гэрэлтэл буюу цаг үүсгэх үед мэдэх болов

Хааншийн оролцоог нь эрх чөлөө бүхий дурын үйл ажиллагааг үүсгэж чаддаг

Тэдгээр өмчт маань өндөр, өнөөдрийг мандахыг зорьж байжээ

Өнөөдрийн өнгө нь эрх чөлөө талаарх үнэн зөвийг санаарай

Шалттаангүй, дайн ба зөв бол хүндэд хамгийн үнэнд ашиг байгаа

Гэмт хэргэм байгаа цивилизаци хааншийг цус, гамтам үрэгдүүлж болохгүй

Сүйттэлтэй жилийн дараа, зарим бүхэн цус, харгамжийг цус, дайнгаас салгах болохыг иймд хүмүүсээс нь суралцдаг болно.

Өөрөө зовлон шалгаруулах чадвар

Өөрөө зовлон шалгаруулах чадвар тандаа танилтыг олгодог

Зовлон шалгаруулах чадваргүй бол таны мөрөөдөл хангалттгүй болно

Зовлон шалгаруулах чадвар, мэдлэг болон мэргэжлийн ажил илүү ажилладаг

Таны цахим ажлыг туульдаг ажил үргэлж мөрөөдөл рүү сэттэддэг

Мөрөөдлийг чинь таны нүднээс нь хөндөнгөөлддөг

Таны мөрөөдөл таны хөлтэй, арван жилийн үед тань өөрчлөнө

Тэнцвэрт тэнцүүлгээ чангаалах зовлон шалгаруулах чадвартай ирдэг

Зорилт, атлаа чамаар үнэхээр баривчлах боломжтой

Таны мөрөөдлийн дуртай дур нь таны хариуцлага, үйлдэл, үр дүн бүгд үнэхээр өөрчлөнө.

Бид тэвчээр нь үргэлж байлаа

Цагын хэсэгт буцаж байхдаа

Бүх зүйлийг алдартай, гайхалтай

Хомо сапиенсийн хүртээл том хөдөлмөр байсан

Дараагийн хэдэн жилийн дараа, природ нь том үргэлжлэх

Заримдаа харагдан сонссон дуучин турах байсан

Хомо сапиенсийг хол алдах нь, өөрчлөх бүрчилт, үргэлж түрүү

Дэлхийг мэдэх хэмээх нь, иргэдийн хамгаалалт, хайр, нийгмийн талаар ямар нэгэн олон зүйл олж чадав

Гэхдээ таблын процессууд ч маныг бүсгүйлсэн

Биологийн болон иргэний ард талархалыг хомо сапиенсийн засгийн байдлаар засварлаж байгаа

Тиймээс, биологийн болон иргэний засгийг засварлах бараг нь мангаслаад, нийгмийн өөрчлөлт, экологи аюулгүйлэх

Өөрийн хомо сапиенсийг зүрхнээс шүүдэхдээ тодорхойгүй болдог

Хүн хөдөлмөр дайралт, хэрэгсэл бүгдийг бас алдах гэж байсан

Иса христийг амьдралдаа анхааруулж байсан байна

Гэхдээ одоо мэнд хүрсэн гэрэл, үл хамгааллын үйлдэл, экологи, хамгийн аюулгүйлдэх болон хүмүүсийг харуулахтай холбоотой, бид үргэлж хэлмэгддэг.

Бид ямар ч байгальгүй болдог вэ?

Сайн, ойрын, тэнцвэр, нэгдэлт ба гадаад дэлгэрүүлэг боломжгүй

Физикийн термодинамикын хууль нь түүний болон харьяалалт боломжгүй болсон байна

Зорилго харьяаллаас нь босоогоос босоо тогтох ёстой

Гэхдээ харьяаллын тухайн төлөв бол физикийн хамгийн том шатаалаг

Үндсэн чухал бүдүүнчлэлд тохирох бол төрөх цаг хэрэгтэй;

Физикийн хэсэгт өнгөрсөн, одоог хоёр, одоогоор байх зарц байж байгаа

Бидний өнөөг, оройг, болон ирж буй бүс хамгийн бага тойрогт байдаг

Одоогийн цаг нь милли, микро, эсвэл нано секундийг илттэнэ

Харьягаас харахдаа газар үүрч чадах хандалтыг харж магадлал чухал

Хар утас, антигазрын нэгдгэл болон өөр мэдээллийн чанар олдох

Бүгдийг мэдэхгүй бол эсвэл хэлж магадлалын дагуу гамшгийг харж элэглэх

Гол зүйн үндэсийг хялбар магадлалаар харуулах боломжгүй бол мэдээллийн бүх чиглэл боломжгүй

Квант хувийн боломж нь мэдээллийн талаар байх тэмдэг болон цаг-газар, матери-энергийн санамсар бүрэн санамсардаа

Бид бүх бараа мэдээллийг мэдээлэхгүй бол тэндээс барахгүй байгаа бол физикийг яг хамтын зориулж харж болохгүй

Ихэнхдээ бид баруун галт хурим нь харах хил хурцлагаар байх боловч, бидний солны систем байхын тулд шаардлагатай энергийн талбайг хуримахгүй байв.

Амьд, эсвэл амьдаггүй?

Шинжлэх ухаанчид, судалгаачид нь хүмүүсийн баттай амьдралыг ирсэн

Гарын тухай хэрэглэгчдийн хүсэлтээр технологийн өндөр үр ашигтай болох болно

Хүман биеийн тойрон, тэвчээр болон дайсны хэрэгцээ тэмцэхгүй

Амьдарлыг амжилттай агуулсан амьдрал болж, ажил хийх шаардлага олгойгүй

Хувьцааны зардлыг барахад ажиллагаагүй, ирэхэд шинэчлэл хийх шаардлагагүй

Роботуудтай болгосон хоол биднийг гашигтай хоолоо тааж байдаг

Физик бие, спорт болон зөвлөгөө амьдарч болох гэж байна

Ажил болон тэвчээр хооронд залуу ямар ч агуулгыг олж чадахгүй

Шинжлэх ухаанчид болон судалгаачид бараг хэрэгжүүлж өгчгүйгээр хүмүүсийн амьдралыг таатай амьдрал болгож байх шийдэлгүй

Ямар байрныг сонгосоё ёсоор боломжгүй байна гэдгээ их судалгаачид тооцоолсонгүй

Амьдрал эсвэл амьдралд үгүй байх нь хувь нэмэхгүй, шөнө барихгүй бололцоо болгохгүй гэж хүмүүсээс сонсоорой.

Их зураг

Их зурагт та яагаад байхыг нь тайван тэмцэх вэ?

Байхын зорилгыг хариулах нь илүү чанд чадахгүй асуулт

Миний байхын зорилгоо хариулах нь илүү сарч байна

Шинжлэх ухаан, философийн хамгийн зарим дасгалгүй хариу байхгүй

Би үүнийг эцсийн тал рүү нүүдэлж, хайж явна

Үнэхээр танилцсан хүмүүсийн баригдмалгүй, нийгмийн илрэхгүй

Ганц би, биийн бусад нь бусад зам сонгосон байгаа

Биийн туршлага ба үнэлгээ нь ямар ч хүндэттэл хийхгүй, би нууцлах

Гэхдээ биологийн мэдээллийн там нь усттах, бүтээх ч амьдралын байсан амьдрал л юм

Эндээс аль ч тодорхой шалтгаан, үргэлжлэлээр дараа боломжтой

Миний сонсогч, мэдээлэл, бусад боловсрол амьдралын зорилгыг олох хүчийг олоход үнэхээр би тулгарч байна.

Таны их ойлголтыг хэлбэл

Таны санаа нууцыг асуултанд чанар тааруулахад байгаа ч байхгүй, зам таарах

Таны харандаа дээрээс гарч, том хулгай хийгэхэд та үндэслэж болно

Зарим таамаг гарын хүч, таамаг сул дээрээс гарч чадаагүй

Гэхдээ хүн төрлийн харандаас илрүүлэх боломжийг боловсруулах юм

Та гэвч газрын гадаад болон тайван салхи баайгааг зөвшөөрч чаддагтүй

Энэрэл хосуудын алдармаа үндэсэн зургуудийг зөвшөөрч чадаагүй

Таван бинокль, хонхор хэсэг хэрхэн зургаан дуртайгаа харах танд туслахгүй

Энэ бол харандаа дээр бүрэн санагдах, ажлын сайн дүрс, шинж чанар л үнэхээр хүмүүсийн тэмцэхийг харуулах байна

Харандаа зургаа гаргахдаа таны санаа яг ягийн үнэгүйгээр яг таны хүссэн өнөөдөр ямар нэг багаж болсонгуй

Та зөвхөн дэлгэх нь хүсэн ч байхгүйгээр бусад багш тэдгээрд ихийг суртаачихдаа та чанараа сурч байна

Тааны арван нь тусалж байсан сардаа, сүйттэхүй хайртайгаа ямар удсаа ч ямар үнэгүй зүйл та гарч чадах болно

Харандаа дээр нь харах хууль, зам болон амьдралын хэдийн дур болно, таны амьдралыг та хандаж болох юм.

Санаа нууцыг асуултанд тааруулах нь амаргүй, тэгж уулзахыг үүсгэнэ, таны гадаад хаалганы түлхэг нь таны гардуулсан болсон

Галилео урт хугацааны өмнө хийсэн гэжээ, таны амьдралыг та амархан өөрчлөх ч хишээр ойлгож байна

Таны амьдрал, таны мэдлэг, таны зам нь хэн нэгэндээ гаргахгүй болгодог, таны амьдралын хугацаа энэхүү дэлхийн хүлээлгүүрт хүрч чадахгүй, зам буурах хэрэгтэй эсэхийг та хийдэггүй болно.

Би мэдэхгүй.

Би мэддэг, би үхсэнд амаа олж чадахгүй

Энэ нь намайг хүсч буй хүмүүсийг санаа авч болохгүй

Би төрсөн, амьжирсан гэж зүйлсийг хийхийн тулд ирэхгүй

Харин би хүмүүсийг хайрлах болно, тэдний гардаж үлдэх нь

Миний өгөөжээ, тусламж хүсэх хүмүүс нэгнийг санаач

Гэхдээ, хүндэттэх хүмүүсийг болон хүн бүрттэхийг миний аюулгүй хэрэг болно

Би өөрийн нийгмийг цагаар чимээгүй хүмүүсийн хувьд түүнд тусалж болно

Тиймээс, хүмүүс болон адамд хайр хандуулах болон сайн байгал зууны болон ариун хамгааллыг найзруулах нь миний зорилгом болно

Би хариуцлага авч ямар нэгэн хариуцахгүй, үр ашигтай

Энэ нь хүн ард түмэнд байгаа хайр, тэдний харилцаанд аль хэдийн нэмэгдэх байгааг асуухгүй болно

Энэ нь эгнээ, амны орчныг салгах, тэнэгтэй болгохыг зорьж байна

Хэдий ч, уур амьсгал болон агаарын сайн хэрэглэл нь сайн үр ашиг оруулах болно

Би хайр хандуулж, чанд болон ар гэнээ хариуцлага авч асуухгүй

Энэ нь эгнээ, харилцааг саарал болгох, аль нэг харандаа ба байгаль хамгаалах зорилго байна

Хориг, хүндэлд ил тодорхой болгож, хөгжмийг хариуцаж чадна.

Түлхүүр, шалтгааныг хайхгүй байна

Бид энэ дэлхэнд эзгүйгээр, хүсэл мэдэхгүй, биеийн зорилгоор орж ирсэн байна

Гэхдээ бидний төрсөн үе нь олон зорилготой, хүүхдээр, эгч дүүргээр, ороод

Эцэг, эхийн харилцаанаа анхны эцэг, эхний хүүхдийг гаргадаг

Мэдээлэл, ур чадвар, сангийн хайрцаг рүү хүрч, бидний амьдрал олон зорилготой болно

Гэрлэн хамт ороод хүүхдүүд хамгийн том үрэг бидний газар болдог

Харайлтын насанд танайг төмөрлөгтүй хийх зорилго, амьд, амраг ирсэн гайхалтай

Бид хамгийн эрэлттэй насандаа бидний үйл ажиллагааг мэдэж эхэлсэн

Бидний амьдралын зорилго, байршилын шалттаан талаар суралцаж эхэлж, бид үгүйлэх боломжгүй

Хэдий ч, бид хөдлөхийн үеэр, бид бидний байж буй байр, хүчирхийлэл талаар харайлтын талаар сонсохгүй

Иргэний амьдралын зорилго ба хүчирхийллийн шалттаантай холбохыг харж чадаагүй

Иргэний орсон зорилго ба дүүжин асах шалттаангаа олж чадаагүй

Ихэхдээ анхааралтай амьд болон үргэлж зорилго ба шалттааны талаар сонсохгүй

Иргэний хамгийн их хэсгээр зорилго ба шалттаанаар мэдсэн хүмүүс амралтын мөч, нүдээр харахгүй байна

Тодорхой аргаар зорилго ба шалттааныг хайж эрхлэх боловч, амьд болон тэнд явагдаагүй байна.

Байгалийг хайрла

Бид өндөрх байдлаас цохилтотой болгоход

Бидний амьдралд мэдэхгүйг, их багцтай боллох хураамжтай байна

Цагаан байршлын агаар цонхны салбарт амьдрал өнгөрдөг

Бид оёор байгалийг үл таньдаг байгаа болоод, үргэлж өөрийн хайрцгийг харьцах байгаа

Цивилизацийн эхлэнээсээ хүмүүс байгалийн хамт орж амьдарч байсан

Говь шүд, ухаалаг технологи, зурган анх удаа үүсэж өөрчилсэн байна

Бид гэртээ суугаагаас илүү эрчим хүч авч, суралцан тоглон

Хуттаг газрын өндөр хурдан, эмийн үнэрээр олон насанд илэрдэг байна

Уур амьсгалтай, гоё байгаа байдлаар сая жилийн амьдрал сууж үлэмжлэнэ үү?

Бид нас, ялангуяа хаалга, байгууламжийг тэргүүлж харьцахад хамтдаа хичээдэг

Гэхдээ ийм хэрэгтэйгээрээ, бид дараагийн хэсгээс хамгийн сайхныг хүсэж

Ихэвчлэн бидний эцэг, үргэлж зөөлсөн байгаагаа санаж байгаа

Сурталчилгааны технологийн жишээгийн ба байгалийн амьдралыг тамхи байх нь хэцүү боловч

Сая жилийн хотонд сэттэлийг үл таних нь ялгаатай, хоосон үржээ.

Төрсөн нь анзаарсан

Бид төрсөн үеийн бид нь хүсэл, зорилгууд, амьдралын ажил, үйл ажиллагаагүй анзаараас

Бидний хар харч хөгшөөс, эцэг, эхний нэгэн, нийгмийн салбарт зорилго нь сонгосон

Бидний сэтгэл бидэнд өмчтэй болно, байгалийн орчинд байсан газар болон байдлыг үйлдэх

Үнэлгийн систем бидний генетикийн кодоос гадна, эцэг, багш, тэчүүд өгдөг

Бид анзаараас төрсөн, гэхдээ хэл, сүсэг, эрдэнэ сонирхож, гэрийн байр сонгож байгаа

Бидний санаа, ойн хамар, ойрын санаа нь ахан болохгүй, өдөр бүр шаардлагын дагуу алдаж байгаа

Их тархалтын салбар нь бидний сэтгэлд нөлөөлж, үгүй, үгүйдэлтэн алхаж байгаа

Бид анзаараас төрсөн, гэхдээ хөгжил, салбарын нөхцөлд нэгдсэн ч, өөрсдийн амьдрал хангамж, өмчийг барихгүй

Homo sapiens генетикийн гаргалтанд хамаарахгүйгээр бид газар болох бөгөөд нийгмийн байдлын чиг хандаж байгаа

Мөн бидний амьдарлыг нийгмийн үнэн, үнэгүй, өндрөөг үнэхээр батлах хэрэгтэй гэж дардсан

Хамтдаа болж ах эрх гаргаад гэхдээ, амьдралд тэнэг нь гардаггүй, эртний аргаар хийхийн тулд илүүдэх ба илүүдэх гэж байгаа

Хэрэглэгчдийн үйл ажиллагааг дагаж, хэрэглэхгүй болсон бол, бидний хэдийд, нийгмийнхээ түмний хүсэлтийн хүчирхийллийг хаасан байдаг

Бид анзаараас төрсөн, гэхдээ бидний эрх нь хязгааргүй байдаг, хүн хамгийн цагийн удирдлага хийхдээ бүх ажил, ажил гэж байгааг хэлбэржүүлдэг

Хэрэв та өөрийн нийгмийн, орон нутаг, хүндэт, нацийн хүсэлтийн хүсэлтэйгээр зүгээр үйл явуулахгүй бол, анзаарал хурц хоцрох болно

Санааны эрх нь хязгааргүй, хамгийн чухал бөгөөд та үрчлэзтгүй, өөрчлөлттгүй, өмчлөгггүй бол, амьдрал нь хамгийн ихгүй амьдын нүх.

Бидний амьдралын үр дүн нэмэгдэн байна

Чийгшүүлчдийн амьдрал нь үнэхээр сайн байна

Цагаар ажиллах, зооглох явдалын хугацааг ахисан хугацаагаар гаргаж эхэлэх хэрэгтэй

Даваа болон Бямба нарт хамтдаа хэрэгжүүлдэг, бид сурцгаая

Өөртөө ашиглаж байгаа хугацааг өөр болгон гэж бодож, үнэхээр бид нүдэнд алагдаж чадна

Амьдралын сүүлийн үед, бид ганц ургадаг юм байх болно;

Бид энх тайван зүйттгэхгүй байх ёстой, бидний коллежийн өдөр бүр боловч

Бидний хүүхдүүд ямар нийгмийг хэлдэггүй, бидний хүүхдүүд нийтэлсэнгүй

Бид зундуу хургаа маань тэнгисийн доош үздэг байлаа, бидний бороондоо

Бид эсрэг зундаа үзнэ. Өөрийн үйл ажиллагааг 65 насан дараа татаж эхлэхэд

Үрсэхийн теори автоматаар манан эргэхээ;

Бид амьдрал нь маш хурдан байна гэж хэлж чадах болно

Чихээнхийн планетын домайнд, бид сүнснээр түүнийг хүлээж чадахгүй

Амьдралын гэмт хэрэглэгч нь бидний үйлчлэл, хүрээ, хөдөлгөөн, дусал болон саналыг хасах ёстой

Бүр долоон найз нь муут бүхийхэн хүйцэгт сонгож үлднэ.

Би уучлаарайгүй

Нэгэн надад хамаагүй, энэ нь миний алдаа байж болно

Нэгэн надад газарлааж байгаа, энэ нь миний алдаа байж болно

Гэхдээ нэгэн миний бардам болсон, магадгүй бол би алдаа байхгүй болов

Гэхдээ би бүх хуурайг хайрлаа, би оролцоо хараад

Би илүү байна уу гэж үү, гэхдээ илүү байж байгааг харчихдаггүй

Би өргөн илэрч байж байхгүй, гэхдээ нь бидний алдааг харчихдаггүй

Тэд үгүйснээр яг хайр гаргах ажил хийсэн юм

Гэхдээ тэдгээ тааруу байж, төгсгөлгүй амжилтанд шалттаална

Би хүссэн зорилгыг хүлээхгүй, үргэлж гүйцэттэх ба гэнээлэх

Би бусдаас хүлээгүй, бусдаа таалагдсан байдаг

Би бусдаа үнэлэгдэж, бусдаа магтангуй байдаггүй

Би бусдаас ахиад хүрдэлдэг, бусдаа магтангуй байдаггүй

Би бусдаас ажиллаж байгаа, би энэхүү оноог миний амьдртай хамгийн яриа хамтдаа явуулахаар шийдсэн.

Саяхан шавар, саяхан эргэн дээр

"Саяхан шавар, саяхан эргэн дээр" гэж хэлсэн хэлвэл хүн бие, хөнгөн болон мэргэн хүртэл болоодоо

Энэ тоглоомын хэлнээс бол энгийн ба алгуур учраас, цаг хугацаа талаасан ажиллагаануудын тусламж ч мэдэгдэжгүй

Гэхдээ энгийн тавины 5 минут нь талаасан өдөр болох бол, аларм цаг бүр сэргэлэхэд анхааруулах хугацаа

5 минутыг таны өдөр хөдөлмөрлөх гэж бодож эргүүлэхээр хайхад, гурван удаагийн хайрцаг хараарай

Та энгийн хурал хийхийн өмнө, түүний 5 минут нь танд хэрэггүй зүйл болно

Өдрийг эхлэх чиглэхгүй болсон тул, та хэнээр нь ажиллахыг хамардаж хүсэвэл өөрийгөө тэмдэглэхээр л ялгарах байна

Өнөөдрийн сайхан ажиллагаа нь мөнөөсөн өдөрдөө хойш үлдээгдэх бөгөөд нэг 5 минут танд илүү дарч чадна

Минутууд нь аяны өдөр, 7 хоног ба сар өдөрөөс хойш ашиглагдаж байна

Улиралууд хамгийн өндөр талд нэг өдрийг нь хэлчихээр ирэх ба та харагдаж байхгүй байна

Та найз, бусад хүмүүсийнхээ хамт амар хөвсгөнш хүндэттэх боломжтой

Саяхан шавар, саяхан эргэн дээр хараарай, болон аларм цагийг зогсоохыг хүсвэл хэтэрхий байна.

Амьдрал энгийн болсон байна

Амьдрал ихээхэн болсон, хоол, ярьдах, утасны цацрал

Хамгийн ажлын төгсөлт, гудамж, танин тохиолдол адил

Технологийн ард илүү хувийн ажиллагаа, илэрхийлэл өөрчилж байна

Гэхдээ этикет шилжилтийн хувь хамаагүй, технологийн засвар байхгүй

Хүний хүн болсон ч өөрийн хөдөө амьжсаар байна

Шинэ боловсролын үйл ажиллагаандаа хомо сапиенсын бүх ангийг нэгдэж орж ирсэн

Гравитаци хэрэглэх эрсдэлийн сангийн хэрэглэл, шохойн зорилгын асуулт илрэхийн тулд шаардлага адил байна

Амьдрал, өнөөдөр технологийн тамганыг хандуулах ч алдахгүй

Амьдрал ба өнгөрсөн, амьдралд хайж олж буй, ойрхон тоглоом адил

Технологийн бие даалт нь хамгийн ихээхэн ажиллагаа байх ба алдахгүй, бид энэгэр ч муу боллоо.

Далайн үйлчлэлийн зураасыг зурлах

Бүтэц, тэгш хэрэглэгчид харж чадахгүй, ойролцоогоор хэрэглэх ёстой

Тэгш хэрэглэгчид бидэнд харагдах, хушах, сэрж харах ямар ч агуу

Гэхдээ тэгш хэрэглэгчид бидэнд бүх материалд байдаг

Бидний тэнлэгийн механизм нь хязгаартай бөгөөд, зөвхөн эсрэг хэрэгтэйгээр харагдах, сэрж харах боломжтой

Фотон, электрон аюулаас гаргасан зураг нь төлөвлөгдөх шийдэл болох харж байна;

Далайн тос, эсрэг харах зурагын хувьд аюулгүйгээр мэдэгддэг

Зурагын хоорондын холбооны төлвийг байршуулахдаа амьдралын доголдол бий байна

Зураг нь гарын үс, нейтрон, электрон, фотон болон хайнгын дамжуулалтыг харах ч эрч хүчтэй

Тэгш хэрэглэгчидийн агуулгыг нөгөөдөр мартагчаар харахын тулд алдахгүй

Зөвхөн хурдан судлах амьдралыг тэгээхээр тэгш хэрэглэгчдийн агуулгын үндэсийг мэдэх боломжтой;

Сар, хөлгөн, харахыг хувиргана гэж мэддэг нөгөө хамгийн хувцасны хамт ойролцоог тэгш хэрэглэгчидээр намжин болгож байна

Гурван хоног, дээрэм шарыг мэддэгтүйгээр, тэгш хэрэглэгчдийн талаарх мэдээлэл бүрэн боломжгүй

Бидний бодит дуу хоолой, уурхайн дуу, сүнс болон уран нь тэгш хэрэглэгчдийн талаар мэдээлэл авахыг зөвлөхгүй

Эрхгүй, зөвхөн судлаачид бидний бодит дуу хоолой, уурхайн дуу, сүнсийг харах боломжтой;

Тэгш хэрэглэгчдийн талаарх бидний мэдээлэл бидний долгион, харагдах боломжгүй

Тэгш хэрэглэгчдийн талаарх мэдээлэл, харах, гал, галтай оюунтай хоорондох хугацааг олон овоо ч байршуулах боломжгүй

Боловсрол нь чиний, чинийг, шууд харах шалгуур, аль хэлбэрт хязгаарлах боломжгүй.

Найман мянган

Хайр, секс, Эзэн хаан ба дайн бидний цивилизацын экосистемийн гар байдалыг тодорхойлж байна

Агуулга болон экологи нь аймгийн динамик тэнцэж байхыг хэрэгжүүлж байна

Технологи нь хоёр тойрогтой гар байдаг ба бидний эсэргүүцэлд байдаг болцгийн дагуу боловч бидний мэдрэмжийн дагуу хийж болох байна

Технологийн хөгжлийн дагуу, хайр, секс, Эзэн хаан ба дайн хориглох ч ямар ч халамжлахгүй

Хайр ба секс байхгүй бол эволюцийн алдарт, нөхдийг дээр зогсоох юм байсан болно

Рамаяна, Махабхарата, Тулалдаан, дэлхийн дайнууд амьдыг хийх болсон гэсэн судалгааг хийж гэсгэдэг байна

Гэхдээ өнгөрсөн үеэд технологи нь адуулга, мэдрэмж ба шинэ замд нь амьдруулж, мэдрэмжийг санал болгож байна

Энэ хоёр хүртэлх технологи нь агуулга болон экологийг хүрээлэн усттаж байна

Эзэн хаан нь хүмүүсийг жилийн найз нэгтэй болгохыг амьдрахгүй, нийгэмгүйн, өнгөрөөлөгч ба шашны алдааг харуулахгүй

Зөвхөн хайр ба секс нь хүмүүсийг хүн болгож, бидэнд өгч үзүүлэв.

Би

Миний байршлын талаар хүн боловч, галактик болон галактик байхгүй

Би зөвлөхөөр хариуцаж болохгүй, системийг энтропиг өсгөхгүй

Миний өөрийн зөвлөхөөр өсгөхгүйгээр гаргах ямар ч зам, үзүүлэлгүй

Миний амьдралын хугацаанд эрхгүйлдэг ба материалын сэттэгдэл хийх боломжтой

Технологи нь үнийг төмрийн хамгийн эрсдэлд хэмнэх амьдралгүй гэж байхгүй

Миний замаас чандангийн чулууг болон чанданы гар бичмийг багасгахыг боломжтой

Би бас харшил, хайр, братанд хайртай байхыг шинжилж, адхих хүн болох хомо сапиенс хоёрын хамт ойрлуулах боломжтой

Иргэд нь ажиллаад байж, газрын байршил болон зөвхөн гоо сайхан байршилыг устгаж байгаа гэж мэднэ

Бид зөвхөн гал болон хүний гарын агаарыг нөгөөч, ээжийг санал болгох боломжтой

Адил, үр дүн болон энергийн үсч хөнгөлөлт бүрттэл, тэдгээр хүчилгийн замыг манай газарт олгодог

Үндэсний энтропиг нэмэгдэх гэж бүхнээр ойлгосон үед анхилуулах хүчний түлхүүр тэдгээр нь нэг хоногт хөдлөх болно.

Эмзэг нь гарсан хэрэгсэл

Эмзэг нь илрэлтэй ба дурдам

Хоол, орон сууц, хувцасын хүсэлт татам

Гэхдээ эмзэгийн зонд бид ялантай ажилладаг

Шинжлэх ухааничууд эмзэгийн зонд ажиллахгүй

Шинжлэх ухааничуудын оролцоотой, өөр хэсгийн дээр явах хэрэгтэй

Адуу нь хоол, орон сууц, хувцасны сүүлд нь түүхий хүлээнэ

Ухаантай хүмүүс цэргийн хүрээ, өргөн тэнэгийг мэдрэхээр

Байгчаад эмзэгээс гарж өнгөрсөн байж, тэд тэнгэр шиг алчихсангүй

Шинжлэх ухааничууд шинэ зүйлсийг шинжлэх ба үйлдэл хийхийн үндсэн

Цивилизац буюу бүсгүйлд ажилладаг, адил нүд харагдах

Тэдний боломжууд галиг хүрэлцэхгүй

Дэлхийд боломж байдаг бусад орон ч байхгүй

Эмзэгийн тухайн хүсэлтийг айнтайлалын үлгэр өршөөлж болох болно.

Зөв хийхэн зорилго

Амьдралын зорилго нь амь, амьдарч баяж үлдэх баасан юу

Эсвэл амьдралын зорилго нь генетик кодыг нийцээж хамтран хамгаалах

Бид 1-рээр ажиллах сонголттой

Генетик кодыг хамгаалахын тулд гурил илэрхийлэгдэх ёстой

Эцэг, эхийн охингүйгээр код тавих боломжгүй

Зорилгын сонголтын аль ч нийлмэл байна

Ганцаарчилсан утга ба хувьсгалын аль нэгэнгүй ганцаар байна

Гадаадад ирж болох мөн дэлхийн орон нутагт хүрээгүй

Эрхгүй нь үнэхээр үйлдэхийн дараа, зорилгыг ирүүлэнэ үгүй

Таны эрхгүй ба зорилгоо холбогдуулахгүй байсан ч, таныг хуман.

Хоёр төрөл

Энэ дэлхийнд бид нийлүүлж ажиллах 2 төрөлхөөс ганц адил

Төгсгөлтэй хүмүүс, зориглосон гэдгээг сонирхондоо шагалдахгүй,

"Зөвхөн хийж гэж, олон амьдрал амар амжиж байгаа төрөл"

Нэг төрөл нь эерэг хариуцлага ба бусад төрөл нь ариун хариуцлага

Хийхийг сонирхох, үр дүнг хийхийг аюулгүйгээр өндөр түвшнийхэн эцэстээ харах нь тусалж байхгүй

Өдрийн дуусаас эхэлж, эцэсэнд таны тэмдэг хоосон байх болно

Анкерыг хаях ба гал гэрэлгүй мэдэхгүй үзэгчид гарч ирнэ

Хэсгийг ариун газард нь хүрээгүй бол үзэгчид арвин зүрхэнд гарах боломжгүй

Амьдрал хамгийн хамран ба үзүүлэг нь жавхаа харвал, бас хэзээ ч үл хамруулахгүй.

Боловсролтой хүмүүсийг магнан өгөх

Бүх боловсролчдыг бид магнан өгөхгүй

Бид харж ч болон сэрж ч чандай ч юмыг харах боломжгүй

Гэхдээ бидний мэдэх цөмийг саарал болгох боломжтой

Шинжлэх ухаан нь өндөр түвшинд оролцох болон үйлдэх зорилготой

Гэхдээ бид бидний ямар зайдаа байгаа, төгсөх замын эцсийг бид харахгүй;

Боловсролчдын ойлголтыг харуулахдаа чинь олон шөнийн дарааллаас нь ялгарч ирсэн

Тэдгээр дундах маш төвөгтэй шалгалт хийчихлээд, теорий болохыг нь гэж алдсан

Шрёдингерийн муур нь одоо яг хаашаа гарч байдаг ба хүн амьд түвшинийг хамгийн бага болгон

Магнан компьютерын дэлгүүртэй, боловсролчдын мөн талбайг төсөөлж байна

Хаана байна гэж бид харагдаагүй, хувийн санаа, санаачлал түүнчлэн орж байсан боловч шинэ боловсролын оронд.

Ус, окигенд хийдийн гэрэл бус амьдрал

Тэнгэрийг хязгааргүй ба үргэлж яг хэлбэлээ

Гэхдээ бидний тэнгэрэл оршин буйг бид бүтэхээр хязгаарлахаар алдан гарч байна

Амьдрал карбон, окиген, хидрогений хамтаа болж байх боломжтой

Биднээс бага хүмүүн мөнхийг мөн үл хамарна

Окиген ба ус хүмүүнд шаардагтгүй байж ч, өөрийн галактикт нь үнэмшил бус байж ч болох боловч бус хийгдэнэ

Бидний планет Ерөнхийд амьдрал байж байгаа байх

Энэрүүлт нь өөрийн газарт ийм төрлийн амьдрал болдогтгүй байна гэж болох магадлалтай

Байнга хөндий байх, байнгын бусад амьд байх нь боломжтой

Гэхдээ бидний физик ба биологийн шатанд тийм хэлбэртэй амьд орж болохгүй гэдгийг бид ойлгоно

Бусад үйл явцыг нэгттэх магадлал нь сайжруулагдаж байж болох гэж магадлалтай

Бидэнтэй болон цагийн хязгаарыг хүчээр харах болно

Гэхдээ харахад галактик дээрх нийтлэлийн хайлт алдахгүй ба байхгүй

Хэрэв бидэнтэй болгохгүй цагийн хязгаарыг алдан гарч, бид өөрийн галактикт бусад планет байж болох

Тэрээр тэнгэрийн бусад галактикт харах амьдралын хайлтыг алдангҮй болгох болно

Тийм цаг хҮчтэй хаанштууд болохгҮй тохиолдол бидний шинжлэх ухааны дараа хувирч чадахгҮй байна.

Ус ба газар

Манай планетны 4 долоо хоног усан дээр байдаг

Зөвхөн нэг долоо хоногт, бид хомо сапиенс байна

Тэнгэрийн доо байгаа дэлхий нь олон хайрцаггүй байна

Хүн нь бодит хамраар ажиллаж, үйлдэж гарч байгаа

Тэнгэр зам харнаасаа далангүй хэсэгт хариулах хандахгүй

Гадаад хэлбэрээр тэрэг нь дэлхийг арвин мэдрэх ч

Тиймээс ээж хамгийн бага ч зорилгоор хүлээх болно

Гэхдээ Сахар нуруут хэн ч үзэн ядаггүй цагтан

Бид нэг болон тэгш өндөр танай галактикт байршдаг нь эрх мэдэхгүй болно

Дэлхийн ард нь оронд амьд буй хүмүүнүүдийн хамгийн том хэсэг байна

Гадаад хэлбэрээр тэрэг нь тэгш давхарга, бага давхаргаас гарна

Гэхдээ зарим хүмүүнүүдийг муухай мөрдөггүй гэж олсон

Цивилизацийнхондоохоор амьдралын аялал, аялга маш их болжээ

Гэхдээ, хомо сапиенс ба бусдын хоорондын тэнэглэл боловсруулах шаардлага олдлоо

Хүмүүн цагтан хамгийн сувгаа ажиллуулах боломжтой байдаг ба хамгийн түрүүн хоорондын хамт олж мөн.

Физик нь хармониктэй байдаг

Хэдэн мянган жилийн өмнө хөдөө ашиглахыг ойлгож чадсан

Үерийн хорио харанхуйн цахилгаан газрыг арчлах, гавъяаны амьдрал болон хандмаг жимс нь болон тэнгэрлэх

Газрын салхины хүчтэйн тааламжаар цагаан хуурын мал, жилийн гарааны цагаан хуурын мал зарна

Хөх тахиа болон хөх тагтаа хоол болон цээж хоол хэрэглэгчдийн болон цээж тахиа хэрэглэгчдийн дайны амьдрал хэрэгтэй

Санаж чадахгүй, ганцаарчилсан ухаан эсвэл тэдгээрийн ойртож байсан алдаатай

Маргаан хамгийн аюулгүйг нь маань ойлгож чадсангүй

Өөр бусдын тусламж, цагийн алиенд ярилцсан болно

Буур агаар болон тус аймшигтай цагийн хүрээ нь тэхнээр хэзээ ч мэдрэхгүй

Химийн ургамалыг алгасаны дараа газрын үржилгийг багасгаж байна

Тэнгисийн усны хүрээнд өвлөж буй зарим мянган оронд аржилж буй хүмүүн байна

Зөвшөөрөлгүй нам муудаж болсон талаар мэдрэхгүйгээд үхлээс болсон байна

Гэхдээ талаас утаж үүрээ зориглох нь адилаар хөгжиж буй

Талх талын нууцлал ба аймшигтай цаг хугацаа аймшигтай зэрэг байна

Химийн тархалт нь бүсийн бүтэнтэй тээж ашиглалтыг багасгаж байна

Ирээдүйтэй нуруун цаг хугацаа үйл ажиллагаанууд нь амьдралыг ажиллуулж байгаа байна

Бас энэ талаарх мэдээлэл өнөөдөрх болон гажигдлаа ярьдаг.

Байгалийн хязгаарын боловсрол

Бид нэгж физикийн математикийн томруулгууд байна

Гэхдээ гадна дахь гэмт хэргийн өдөр тал хийх адилчлал байхгүй

Залуус амьдралд ирж, зан зүрхэнд амьдарч болдог

Зарим хүмүүс маш зугаа биш, бусад нэг зугаа бурхантай үргэлж хаагддаг

Зургийг гаргах чадваргүй, тиймээс зүгээр доромжлахгүй боллоо

Ямар нэгэн мэдлэгүүд байна, нөхцөлүүд байхгүй болдог

Үндсэн шатны хэлэхэд гэмт хэргийн точилоо үеийн бодолт байхгүй

Ер нөхцөлийн зам, халамжийн санал ажиллах боломжтой

Гэмт хэргийн хэлбэл, биеийн таарalд хамаагүйг сонирхолтой

Шинжлэх ухааны үнэндээ амархан байна шаардлагатай, алдаа байж болно

Эсвэл халамжилсан хүмүүсийн дундаа, астрологчид үргэлж оролцоо хийдэг

Шинжлэх ухаан нь сая тамга биш байдаг, энгийн амьдралын текст нь

Тэр нь олон сая жилийн өмнө бичсэн харанхуй харагдаж буй

Олон шинжлэх ухаанчид нь өмнөхээс цагийг бүхэн өвдөгч, өндөр бидний өөрчлөлт

Бүгдийг түргэн олоод, иттэл, утта өгөгдсөнгүйгүйг үзэх нь алдсан

Шинжлэх ухаан нь байгал орчин болон Тэрэгтэй хамт хамгийн сайхан ба сайн байдаг.

Хөндлөн дүрмийн бодлогууд болон дүрмүүд

Физикийн гүйцэттэгч бодлогууд болон дүрмүүд, газарзүйн бодлого болон дүрмүүд цагаар хамгийн саад болоод байна

Бидний бэлэглэлийн өмнө, гал тоглоход гэж байгаа дүрмүүд бас алийг ч зохицоход байж чадсан болно

Цаг нь үлдэгдэл юм уу эсвэл өмнөөс нь нарт нь өөрийгөө хүнд нь нь ч бас өдөрлөж чаддаг

Цаг халуун эсвэл өчгөр болоод өдөрлөх үнэмшил, харгалзах үнэмшилд ижил байдаг, тайван болох зоригтүй

Цагийн хамаагүй бол бидний дүрмүүд, зорилгоо бүтэнтэйгээр үлдээгүйгээр ч ямар ч бүтээх магадлалтайгүй

Технологи нь бидний амьдралд хэрэглэгчийн хэмжээг харахаар аялах болно, хүн эрхэм хүний амьдралд

Газар зүйн, биологийн бүх түүхийг хүнд нь ч гарч байж, физикийн болон технологийн техник бусад

Тэд үүндээ залуу ч технологийн бодлогыг мэддэггүй тул физикийг мэддэггүй

Гэхдээ тэдийн амьдрал, бодлого, тэдний хөгжил болон амьдрал тасралтаар үрлэн

Тэдний явдал болон амьдрал ч зарим цагийн хамаагүйгээр зоригтүй үед анзаарч буй

Бид гэмт хэргийн аргаар байршилыг авсан маань эрх мэдэллэн нэгнийг гаргаж байна

Гарч ирж буй болон үйл ажиллагаа явуулж, харгалзах үйл ажиллагааг хийж чадсангүй

Космологи ба эрдэм шинжлэх ухааныг мэддэггүй хүнд байх

Экологийн тасралт болон найруулга хайрцаг, өндөр амьдрал мөнгө олон болгож, хүн эрхэм хүнээр болгохгүй болно

Шинжлэх ухаанчид нь үр дүнгээгийн байршлыг бодол хэрэглэн, бүхэнд ямар ч ёс зүйг бүтээхдээ чадах байх ёсгүй.

Зохиогчийн тухай

Devajit Bhuyan

ДЕВАЖИТ БХУЯН, шохойн инженер зэрэгчдээс байгаа, үндэсний дуучин гэсэн тул, Ассамын хэмээх хэнтийн хэлний шүлэг болон Англи хэл дээр зургуудыг зохиосон давж чадвартай. Тэр Инженерчлэлийн Хуралдааны гишүүн, Индиа Инженерчлэлийн Холбогдсон Эмчилгээ (АСЦИ) -ийн гишүүн, "Асам Сахиөт Саба"-ны амьд байгууллагын амьд хоттүй, чаа, нохойн замбуу замгийн хамгийн өндөр шүлэгч байгууллагын гишүүн юм. 25 жилийн хугацаанд тэр нь 110 гарын авлага зохиосон бөгөөд эдгээр нь 40 гаруй хэл дээр гарч ирсэн гэж тооцогддог. Түүний гарын авлагын 40 гэсэн нь Ассам хэлийн шүлгүүд, 30 гэсэн нь Англи хэлний шүлгүүд юм. ДЕВАЖИТ БХУЯН-ы шүлгүүд нь бидний планетын бүх зүйлийг харагдах, нэгттэхийн өмнөгүй болов. Тэр нь хүнээс, нохойноос, одоогоорхон хүмүүстэй, цагаан жаргалдай сүрлэгээс, хүрсэн тэнгийн хоёр хэлэлцэх, гал хээрээс, амьдралдаа, дайнд, технологид, машиныг, болон бүх боломжтой материал болон хувьд абстракт зүйлс хүртэлх зургууд бичсэн юм. Тэр тухайн хэрхэн байгааг мэдэхийн тулд түүний вэбсайт www.devajitbhuyan.com -д орж үзнэ үү, эсвэл түүний YouTube-ын каналд орж харна уу *@careergurudevajitbhuyan1986*.

www.ingramcontent.com/pod-product-compliance
Lightning Source LLC
La Vergne TN
LVHW091637070526
838199LV00044B/1098